永遠が終わる頃に

シャノン・マッケナ

新井ひろみ 訳

THEIR MARRIAGE BARGAIN

by Shannon McKenna

Translation by Hiromi Arai

THEIR MARRIAGE BARGAIN

by Shannon McKenna

Copyright © 2022 by Shannon McKenna

All rights reserved including the right of reproduction in whole or in part in any form. This edition is published by arrangement with Harlequin Enterprises ULC

All characters in this book are fictitious. Any resemblance to actual persons, living or dead, is purely coincidental.

Published by K.K. HarperCollins Japan, 2023

永遠が終わる頃に

おもな登場人物

ティルダ・ライリー——エンジニア
アニカ・ライリー——ティルダの娘
ハーバート・ライリー——ティルダの父親。〈ライリー・バイオジェン〉CEO
ケイレブ・モス——〈モステック〉CEO
マーカス・モス——ケイレブの弟。〈モステック〉最高技術責任者（CTO）
マディ・モス——ケイレブの妹。〈モステック〉最高財務責任者（CFO）
エレイン——ケイレブの祖母。〈モステック〉の元CEO
バートラム——〈モステック〉の創業者。故人
スザンナ——ケイレブの母親。故人
ジェローム——ケイレブの大叔父。〈モステック〉顧問
ヴェロニカ（ロニー）——ジェロームの娘。科学者
ジャレス——ヴェロニカの婚約者
ウェストン・ブロディ——投資家

1

「冗談ですよね？」ケイレブ・モスは呆気にとられて祖母を見つめた。「それにしても面白くない冗談だ」

　洗練された白いスーツに身を包んだエレイン・モスは背筋をぴんと伸ばし、ケイレブのオフィスの壁一面を占める窓からシアトルの街並みを見下ろしている。

「冗談なものですか。異例の決断をわたしは恐れないというだけの話。これはね、ＣＥＯとしてあなたも身につけるべきスキルよ、坊や」

「ぼくは三十四歳ですよ、ばばさま」

「わかってますよ、可愛い孫の年ぐらい。だからこそ言ってるんじゃないの」

「次の誕生日までに結婚しろと？　あと二カ月のあいだに？　無理です、たとえぼくがそうしたくても。理由は簡単。相手がいないから」

「見つけなさい」エレインはあっさりと言った。「いやなら、それでもいいのよ。誕生日を盛大に祝ってあげることに変わりはないわ。ただしその場合、〈モステック〉の経営権はジェロームに譲渡します。彼のことだから、すぐさまあなたを解雇して取り巻き連中を役職につかせるでしょうね。マーカスとマディもきっと首を切られる。だけど三人とも優秀だもの。あなたたちの将来をわたしはちっとも心配していないわ」

「モステックのことは？　バートラムおじいさまが遺した大切な会社のことは心配じゃないんですか？」

エレインがさっとこちらを向いた。よし、急所を突いたぞとケイレブは思った。食と農を専門とするテクノロジー企業モステックは、祖父が興し、祖母がここまで大きくした。大切な自社をおびやかすものに対して祖母はとても敏感だ。

「もちろん気にかけているわ。けれど、三人の孫たちだってバートラムの大切な遺産。この年になるとね、何かと心境の変化があるものなのよ」

「それにしたって、あまりに無茶苦茶だ。ここはヘンリー八世の宮廷じゃないんですよ」

「ええ、幸いなことにね」エレインは平然と応じた。「あの王さまは円満な結婚のお手本とはとても言えないわ」

「ぼくは真面目な話をしてるんです」ケイレブは唸るように言った。

「わたしだって百パーセント真面目ですよ。三人には必ず結婚してもらわなければ。男の子は三十五歳までに、そしてマディは三十になる前に。ええ、ええ、不公平だと言いたいんでしょう。でもね、こういうことに関して男には猶予が許されるけれど、女はそうはいかないの」

「それについて、マディにはいろいろ言い分がありそうだ」

「声が嗄れ果てるまで言うがいいわ。何も変わりはしないから」

　あの顔。祖母があの顔になったら、もうこちらが何を言っても無駄だ。話し合いにはならない。ケイレブに残された道はふたつ。無条件降伏か、闘うか。そしてエレイン相手に闘うには、何人もしっかり計画を練らなければならない。彼女は常に人より三歩先んじている。

「ジェロームはモステックの株式を公開しますよ」ケイレブは言った。「社としての倫理基準を失うことになる。バートラムおじいさまはそれを嫌っていた」

「そう、ひどく嫌っていたわね。けれど、何かを手に入れるために別の何かをあきらめなければならないことは往々にしてあるものよ」

「持ってまわった言い方はやめてください。とにかく、ぼくを強制的に結婚させるなんて無理ですから」

「そうね、本人がその気にならなければね。でも、仮に今日わたしが心臓麻痺で死んでしまったとしても、あなたが結婚しない場合に起きる事態に変わりはないわ。これはすでに決まったことなのよ。正式な書類が揃(そろ)うのとマーカスが帰ってくるのを待っていたんだけれど、あの子、また帰国を延期したというじゃない。そうこうしているうちにあなたの誕生日は近づいてくる。だからまずはあなただけにでも話しておくことにしたのよ、ケイレブ。あなたが最年長、最初に結婚すべき立場だから」

「いや、でも、ばばさま——」

「マーカスの道楽にも困ったものだわ。最高技術責任者(CTO)がジャングルで鉈(なた)を振りまわして喜んでいるとはね。それを許すCEOの判断力を疑ってしまうわ」

「あれのおかげであいつは仕事もがんばれるんだ」

「それなら結婚だって同じです」エレインはきっぱりと言った。「家庭ほど男の人を仕事に邁進(まいしん)させるものはないわ」

「ばばさま、よく考えてみて」ケイレブは食い下がった。「この会社を何より大切にするようにとぼくたちきょうだいに教え込んだのは、ばばさまでしょう。それを今度は忘れろと?」

エレインが唇を引き結んだ。「あなたもね、大切なものを守るために策略を巡らせるぐらいの年になれば、きっと今のわたしの気持ちが理解できるわ」

「そんなに長く待てません」

ケイレブのデスクで内線電話が鳴った。

「ミスター・モス？」秘書のセルジオだった。「〈ライリー・バイオジェン〉のミスター・ハーバート・ライリーがお見えです。こちらにアポイントメントは入っておりませんが、その……ミセス・モスがお呼びになったとかで」

「ちょっと待っていてくれ、セルジオ」ケイレブは祖母のほうを向いた。「ハーバート・ライリーとは明日会う予定になっていましたよね。ばばさまとジェロームが進めようとしているライリー・バイオジェン買収のことで。なぜ今日ここへ呼んだんです？」

エレインは白いショートヘアを軽くかき上げた。「じきにわかるわ。相手を待たせてはだめよ、ケイレブ。あなたたち男性はそうやって優位に立っていることを見せつけようとするけれど、わたしに言わせれば単に失礼なだけよ」

よく言うよ、とケイレブは思った。優位性を見せつける振る舞いがいちばんうまいのは誰だ。

ケイレブは電話機のボタンを押した。「通してくれ、セルジオ」

CEOとして、ケイレブはいたって順調にモステックを経営管理できているのだ。しかし、祖母エレインが口を挟むとたんにややこしくなる。彼女が指示を出しはじめると、誰が最高責任者なのかと社員は混乱する。元ＣＥＯであり今も経営権を持つ祖母だが、その目がきらりと光るたび、ケイレブは緊張せずにいられない。今度はどんな形で驚かされるのかと。

セルジオがドアを開けた。「ミスター・ハーバート・ライリーをお連れしました」そして、こう続けた。「ミズ・ティルダ・ライリーもご一緒です」

ケイレブはぎくりとした。ティルダだって？　彼女は地球の裏側にいるはずだ。そんなばかな――

ティルダと父親が入ってきた。ケイレブの五臓六腑が急降下する。

九年一カ月、三週間と二日。頭の中の無慈悲な時計はあれから時を刻みつづけてきた。一時間、一分……いや、一秒までを。

最後に会ったとき彼女は十九歳だった。女らしい曲線を描く体は小柄で、ハイヒールを履いても金髪の頭はケイレブの顎の下にぴったり収まった。顔の輪郭はハート形。彼女の考えていること、感じていることを余すところなく映しだす瞳は、引き込まれるような美しい緑色をしていた。

ケイレブが最後にその瞳に見たのは傷心だった。深い悲しみと嘆き。

今、その目は何も表していない。あの頃肩のまわりで弾んでいた豊かなブロンドは、洒落たフレンチツイストに結い上げられている。ピンクのリップグロスに代わって官能的な唇を彩るのは真っ赤なルージュだ。潔いほどの赤。笑顔はない。笑顔を向けられる資格などないのはわかっているが。

　ようやく祖母の声が耳に入ってきた。

「……孫のケイレブ・モスはご存じだったかしら？　うちのＣＥＯです」

「もちろん存じておりますよ」ティルダの父親であり、ライリー・バイオジェンＣＥＯでもあるハーバート・ライリーが答えて、ケイレブと握手をした。

「ティルダ」エレインが彼女のほうを向いた。「相変わらずきれいだこと。あなたが帰国してくれて嬉しいわ。このあいだ、エヴァ・マドックスの婚約パーティーに出てらしたわね」

「はい。あの日は久しぶりに懐かしい友人たちに会えました」ティルダはエレインの手を握り、そのあと礼儀正しくケイレブとも握手を交わした。氷みたいに冷たい手だとケイレブは思った。

「外国暮らしはずいぶん長かったようだけれど」エレインが続ける。「どこにいたのだったかしら。シンガポール？　韓国？　台湾？」

「アジア全域です」ティルダは答えた。「いろんな国で仕事をしていました」

エレインは微笑んだ。「いずれにしても遠いところね」

ハーバートがぼそりと言う。「遠すぎます」

「でも今は、可愛いお孫さんと暮らせてお幸せじゃありませんか」

「おかげさまで」

ケイレブは驚愕した。さっとティルダのほうを向く。「結婚したのか？」

緑の瞳が射るように彼を見た。「いいえ」そう答えた声は冷ややかだった。

ぎこちない沈黙をハーバート・ライリーが破った。「さてエレイン。今日は急遽スケジュールを調整して仰せのとおり馳せ参じましたがね、時間がありません。娘を交えて今日のうちに話し合わなければならないこととは、いったい何でしょう」

「どうぞお座りください」エレインがソファと椅子を示した。「セルジオにコーヒーか紅茶を持ってこさせましょう。エスプレッソはいかが？　それともスコッチ？」

息をするように命令を下すのが祖母だとはわかっている。それでも、ティルダ・ライリーの前で自分のオフィスやその備品や秘書をわがもの顔で使われるのは、ケイレブにとって気分のいいものではなかった。

ティルダが、むっとするこちらを面白がっているような目をしたのをケイレブは見逃さなかった。

「スコッチには少々早すぎる時間ですね」ハーバートが素っ気なく言った。「ただちに本題に入りませんか」

全員が立ったままであることにケイレブは遅ればせながら気づいた。みな、自分を待っているのだ。うっかりしていた。口の中で詫び(わ)の言葉をつぶやきながら、ケイレブは応接セットに歩み寄った。

椅子に浅く腰かけてエレインが言った。「今日いらしていただいたのは、まずは直接の関係者だけで話し合いたかったからなんです」

「モステックがライリー・バイオジェンを買収するとなれば、わが社の全従業員が直接の関係者ということになります」ハーバートが言った。「失業するか否かの瀬戸際に立たされるのですから。八百人を超える従業員、全員が」

「それは承知しています」エレインがうなずいた。「これからわたしが提案するのは、それに対する解決策です。そこに関係してくるのがこの若い二人で」ティルダとケイレブを手で示す。

「ばばさま、要点を」

「黙ってお聞きなさい。つまり、わたしはジェロームとは違う形を提案します。友好的買収です。ライリー・バイオジェンの従業員は解雇しません」

「どこが友好的だとおっしゃるんでしょう」ティルダが口を開いた。「あなた方は父が健康上の問題を抱えたと知るや、機に乗じてライリー・バイオジェンの株式を取得。他の株主を操り、委任状争奪戦を仕掛けようとしていらっしゃる。これが友好的と言えるでしょうか、ミセス・モス」

「それはジェロームのやり方よ、ティルダ。ケイレブは違うわ」

ティルダの顎が持ち上がり、目がきらりと光った。「誰のやり方であるにしろ、あなたが主導なさったんですよね。少なくとも、それを許した。いずれにしても、わたしたちにしてみれば同じことです」

「おたくの負債額はわかっていますよ。うちの申し出を受け入れなければ倒産は免れないでしょう」

ティルダの目が険しく狭まった。「自力でなんとかします」

「わたしに口を挟ませてもらえるなら、別の方法があるのだけれど。あなたは聡明(そうめい)なお嬢さんだと聞くわ。ライリー・バイオジェンの八百人の雇用を守ることができるとしたら、どう？　そちらの会社は今のまま。そのうえでお互いの力を一緒にできたら何よりじゃないかしら？」

ティルダが足を組み、あらわになったふくらはぎにケイレブは気を取られそうになった。

「急に話が変わったのはなぜでしょう？　何が目的ですか、ミセス・モス？」

「いちばん無理のない形よ」エレインは穏やかに答えた。「結婚」

嘘だろう？　ケイレブは全身が地面にめり込んでいくような感覚を覚えた。ティルダはただ、わけがわからないという顔をしている。

「それは……」ハーバートが眉根を寄せてエレインを見た。「二社の合併を結婚にたとえられたのかな？」

「いいえ」

ティルダは無言のまま目を見開いた。「待ってください。冗談ですよね？　それも、ちっとも笑えない冗談だわ」

ハーバートがぎょっとした顔になった。「まさか、エレイン。いや、その、常用薬の管理をしてくれる人を雇ったほうがいいのでは？」

「そうします」ケイレブは言った。「お二人にはぼくから謝罪します。申し訳ありません、本当に――」

「あなたが謝る必要がどこにあるの」祖母の鋭い声が飛んできた。「わたしが口にしたことの責任はわたしが取るわ」

ティルダが引きつった笑い声をたてた。「ミセス・モス、とってもロマンティックなご提案、ありがとうございます。光栄ですわ。でも残念ながら、お断りしなければなりません」

「では、委任状争奪戦は免れないわね」

ライリー親子が怯えた顔を見合わせた。

「ばばさま」ケイレブは言った。「ぼくをいじめるのはまだしも、彼女まで巻き込むのはやめてください」

「あら、どうして？　この方法ならあなたの問題だって解決するじゃないの。そうでしょう？」

「問題とは何ですか？」ティルダのまなざしが鋭くなった。

「驚かないかもしれないが、今日、祖母が突拍子もないことを言いだすのはこれが初めてじゃないんだ」ケイレブは歯噛みをして言った。「三十五歳になる前に結婚しろと命じられた。従わないと、とんでもない災厄が降りかかるらしい」

「冗談はやめてください、エレイン」ハーバートが言った。「あなたがわたしの娘の一生を決めようというのですか。この二人は、ほとんど会ったこともない者同士じゃないですか。侮辱しないでいただきたい」

エレインはケイレブとティルダをじっと見つめた。「わたしはお嬢さんに最大限の敬意を払っていますよ、ハーバート。誰彼かまわずこんな提案をするわけないじゃありませんか。そして、わたしが思うに、この人たちはお互いをかなりよく知っているはず」

ティルダが立ち上がった。顔が濃いピンク色に染まっている。「失礼しましょう、父さん」彼女はケイレブを見た。「家族会議を開くことをおすすめするわ、ケイレブ。そろそろおばあさまには車の運転はやめていただいたほうがいいかもしれないわね。誰かを傷つけてしまう前に」

「口を慎みなさい、お嬢さん」エレインがぴしゃりと言った。「とにかく検討してみてちょうだい。貸借対照表(バランスシート)をよく見て。従業員のことを考えて。そのうえでまた話し合いましょう」

ケイレブはかろうじてティルダより先に戸口へ行き着き、ドアを開けることができた。「すまなかった」小さな声で言った。「ぼくにとっても青天の霹靂(へきれき)だった。知らなかったんだ、本当に」

しかしティルダは彼と目を合わせようともせず、顎をつんと上げて足早に去っていった。

2

ああ、わたしはいったいどうしてしまったのだろう。なぜ、あのファイルを取りださなかったのか。あれを彼らに突きつけてやればよかったのに。高い天窓から差す光の中、モステックの広大なロビーをつかつか横切りながら、ティルダは自分自身に腹が立ってしかたなかった。最強の武器を用意しておきながら、ケイレブ・モスの昔と変わらない端整な顔を見たとたん、忘れてしまうなんて。

「なあティルダ、すまないが」後ろで父の苦しげな声がした。「少し——座らないかね。ちょっと休もう」

ティルダは、はっとして振り返った。自分のことで頭がいっぱいで、父の体調を考えていなかった。父の腕を取って尋ねた。「父さん、胸が苦しい？」

「いやいや、そうじゃない」肩で息をしながら父は言った。「ただ、ちょっと……休みたいんだ。あそこにカフェがある。椅子もあるようだ」

ティルダはそちらを見やると、不安定な足取りの父を伴い、入り口へ向かった。クッションの効いた椅子のある席につく。父のこんな姿を見るのはつらい。こわばった唇からはすっかり色が失せている。

ティルダは父の前にかがむと手を取った。「意地を張るのはやめてね。救急車を呼んだほうがいいんじゃない？　これで父さんに何かあったら、わたし、罪悪感と後悔に一生苛まれるわ」

ハーバートは娘の肩をそっと叩いた。「大丈夫だ。本当だよ。心臓の発作がどういうものかはわかっている。こいつは発作じゃない。ちょっと目眩がしただけだ」

「紅茶を買ってくるわね。ペストリーも食べる？」

「紅茶だけでいい。すまないね」

注文カウンターは空いていた。自分のフレンチローストと父の紅茶、それとアドレナリンの噴出を鎮めるためのレモン・パウンドケーキをトレイにのせて、ティルダはほどなく席に戻った。モステックでの話し合いが楽しいものになるはずがないのはわかっていた。出荷される子羊みたいに父の会社を扱ってきた相手だ。だからティルダは、攻撃、守備、反撃と、あらゆる局面を想定して臨んだ。けれど結婚を提案されるなど、どうして予測できただろうか。

しかし公平に言えば、確かにケイレブも心底驚いているように見えた。

家族間の複雑な力関係というやつだろうか。あの祖母を持つケイレブが、ちょっと気の毒な気もする。彼の慌てようといったらなかった。

久しぶりに会ったケイレブは、こちらの記憶にあるほど完全無欠ではなかったということだ。よかった、と、それについては心のどこかで思った。ああ、でも。ケイレブ・モスは相変わらずとびきり素敵だった。

九年という歳月も、彼の容貌をほとんど変えてはいなかった。ハンサムな顔にはいくらか皺が刻まれたようだけれど、それさえもセクシーだった。大きな体にはますます筋肉がつき、いっそうたくましくなったように見えた。シャープな頬のラインは変わっていなかった。あの少し奥まった、眼光鋭い目も。セクシーな唇も。とにかく彼はセクシーなのだ——触れれば火傷しそうなぐらいに。内面は氷みたいに冷たいくせに。

あれは、ずるい。看板に偽りありだ。

反逆精神旺盛だったあの頃には、たてがみみたいに長かった黒い髪。それが今日は、ぐっと短くなっていた。うなじはすっきりと刈り上げられ、トップもそれよりやや長い程度だった。短髪もとても似合っていた。そして、あの目。アニカの目にそっくりだった。

「はい、紅茶よ、父さん。アールグレイ、スチームドミルクにお砂糖ふたつね。よかったらケーキも食べて」自身も気付けの一口をごくりと飲んで、父に訊く。「少しはよくなった?」

「ああ、もう大丈夫」父は弱々しく微笑んで紅茶に息を吹きかけた。

「手術して間もないんだから、仕事はもっと控えなきゃ」ティルダは父をたしなめた。

「わたしや部下に任せてくれればいいのよ。そのためにわたし、帰ってきたんだから。父さんの力になるために」

「おまえにはよくやってもらっているよ。せっかく帰ってきてもらったのに、こんな事態に巻き込んでしまってすまないね」

「父さんは何も悪くない」

「じゃあ、いったい誰が悪いんだ?」ハーバートはカップを置くと眼鏡をはずし、両目を手で押さえた。

ああ、もうこうなったら、わたしが決めるしかない。ティルダはそう思い、スマートフォンを取りだした。電話の相手はアダム。ライリー・バイオジェン法務部の若手メンバーだ。

「やあ、ティルダ」アダムが言った。「マレイのオフィスで会議だよね?」

「悪いんだけど、延期してもらいたいの。父の具合がよくなくて」異を唱えるように目を見開く父の冷たい手を、ティルダはぎゅっと握った。もう片方の手を上げて、父の反論を封じる。「主治医のスケジュールが空きしだい診てもらおうと思うの。もしかしたら、この足で向かうことになるかもしれない」

通話を終え、スマートフォンをバッグに戻した。「これでよし、と」

「わたしは重病人じゃないんだよ」父はふたたびカップを手に持った。「会議に出るぐらいの気力体力はある。お節介が過ぎるな、ティル」

「ワレンスキー先生に連絡するわ。はるばる地球の裏側から戻ってきたのは父さんを看取るためじゃないのよ。アニカだって、やっとおじいちゃんに会えたんじゃない。気力体力があるなら、そのエネルギーはもっと元気になるために使って。それと、モス一族と闘うために」

父が紅茶にむせた。ティルダが差しだした紙ナプキンで口を拭きながら、かぶりを振る。「あれは、ひどい」父は言い、また咳き込んだ。「とても正気とは思えない」

ティルダは主治医のアポイントメントを取るため電話をかけようとしていたから、父と会話はできなかった。でも、それでよかった。ケイレブ・モスとの結婚がこの世の最高の幸せだと信じきっていた時期があったなんて、わざわざ父に知らせる必要はない。あれは若くて愚かなティルダ・ライリーが考えていたことなのだから。

ティルダはスマートフォンをバッグにしまった。「血も涙もない人たちよ。お金のことしか考えてないんだわ」

「だが、おまえは会社の備品じゃない。わたしの大事な、たった一人の娘だ。あの吸血鬼みたいな連中にも必ずわからせてやる」

ティルダは父の手を握りしめた。「ありがとう、父さん」

「そもそも、なぜおまえがエレインのレーダーに引っかかった？　おまえと彼女が知り合いだったとは意外だよ」

「知り合いというほどじゃないわ。エレインのことは顔と名前を知っていた程度。向こうはわたしをエヴァ・マドックスの婚約パーティーで見かけたらしいの。父さんはあの頃まだリハビリ施設にいたわね。エヴァね、〈マドックス・ヒル〉の最高セキュリティ責任者と結婚するのよ。パーティーは子連れ大歓迎って彼女が言ってくれたから、アニカと二人で参加したの。マディ、ヴェロニカ、エレイン。モスの女性陣、全員出席していたわ」

「エレインの提案を聞かされたときのケイレブの反応を見たかい？　明らかに不意打ちを食らっていた。しかしエレインは、おまえたちが知り合いだと思っているようだ」

ティルダは少し迷ってから、言った。「実は、そうなの。ほら、スタンフォードを卒業したあと、わたし、しばらくサンフランシスコでインターンをやってたでしょう？　ケイレブは友だちとスタートアップ企業を始めていて、エヴァ・マドックスがわたしたちを引き合わせたの。しばらくわたしたち、つき合ってたのよ」

ハーバートが目を丸くしてカップを置いた。「つき合っていた？　それは初耳だな」

ティルダは肩をすくめた。「父さんに報告するほどのことじゃなかったから。結局はうまくいかなかったんだし。たいしたことじゃなかったのよ、本当に」

「エレイン・モスはそうは思っていないようだぞ。まだ何かわたしの聞いていないことがあるんじゃないのかい？」

レモンケーキがやけにぱさついて感じられた。ティルダはそれをコーヒーで流し込んで言った。「父親に失恋話をしてもしかたないでしょ。その手のことは女友だちに聞いてもらわなきゃ」

「はぐらかすのはよくないな」

「そんなつもりは――」

「ケイレブと会っていたのは、いつだ？」ハーバートの口調が強くなった。

「日付や時間まで言えって？　やめてよ、父さん」

「卒業後のインターンを終えたあと、おまえはクアラルンプールで仕事に就いた。そしてわたしに電話をかけてきたのが翌年の五月だ。孫ができたといきなり知らされて、それこそ心臓麻痺を起こしそうだった」

「びっくりしたでしょうね」

「ケイレブ・モスがアニカの父親なんだな」確信している口調だった。

ああ、今日はなんという日だろう。ケイレブ・モスとの再会の次は、父への告白。立て続けの衝撃。「わたしに何を語らせたいの、父さん?」

「真実だ。とうの昔に聞いておくべきだった真実だよ。あの男はおまえを捨てたのか? 捨てて平然としているのか? 今日だって一言もなかったじゃないか。あいつは人の心を持ってないのか?」

「彼はアニカのことを知らないわ。別れたあとはいっさい連絡してないの。妊娠がわかったのはクアラルンプールへ移ったあとよ。それも、かなりたってから」

「ケイレブに知らせなかったのか? なぜ知らせなかった? やつには責任というものがあるだろう!」

「会いたくなかったから。電話で話もしたくなかった。それに、あの一族の権力闘争みたいなものにわたしの子どもを関わらせたくなかったの。一人で子どもを育てるだけでも大変なのに、その子のために誰かと闘わないとならないなんて、無理」

「エレインは知っている」

ティルダは驚いた。「知りようがないでしょう。わたし、誰にも明かしてないのよ」

「だったら、勘づいたんだ。わたしは彼女を四十年前から知っている。実に鋭い女性だよ」

「だとしても、ありえないと思うけど」

「ケイレブのどこが問題で別れたんだ？　やつからモラルハラスメントを受けたのか？　それとも暴力を振るわれたか？」

「ううん、そこまでの話じゃないわ。彼はよくいるいやなやつで、わたしを振った。冷たく、唐突に。そしてわたしはけっこう傷ついた。ただそれだけ。大変な何かがあったわけじゃない」

父が低く小さく呻（うめ）いた。「あの野郎め。だがティルダ、わたしは気づいていたよ。おまえは鞄（かばん）に強力な武器を潜ませていながら、それを取りだしもしなかった。あれはどういうわけだったんだ？」

ティルダは肩をすくめた。「動揺してたから。とんでもない提案のほうに気を取られちゃって」そう答えた。「いずれ、あれを使うことになるかもしれない。先のことはわからないわ」

「わたしとしては、おまえに手を汚してほしくないんだ。才能の無駄遣いじゃないか。優秀なエンジニアでありデータ・アナリストであるおまえだ。本来ならば、研究や開発やAIアルゴリズムに取り組んでいなければならない。ほら、あれは何と言ったかな？〝ファー・シー〟？」

「〝ファー・アイ〟」ティルダは父の言葉を訂正した。「それに、手を汚すんじゃないわ。生き残るために闘うのよ。さあ、そろそろワレンスキー先生のところへ行かないと。約束の時間に遅れちゃう」

診察は長くはかからなかった。医師からは、家へ帰ってゆっくりなさってくださいとだけ言われて終わり、二人とも安堵した。心臓切開手術を受けて数週間入院、さらにその後リハビリ施設へ移って数週間を過ごしたハーバートは、病院のベッドにはもう近寄るのもいやだったのだ。

帰宅すると、科学博物館へ出かけていたアニカとベビーシッターも少し前に帰り着いたところだった。アニカは母と祖父に駆け寄ってきて、おかえりなさいと言うなり、目を輝かせてヴァーチャル・リアリティ・トリップの話をしはじめた。人体の内部を旅してきたらしい。

「あのねあのね、遊園地のアトラクションみたいなんだよ、ママ！　まずね、VRヘルメットっていうのをかぶってね、ケイリーと一緒にすっごくおっきな赤血球に乗り込んだの。

赤くておっきくて、フリスビーみたいな形なんだよ。でね、体の中を巡って糖とか酸素とかを細胞に届けるの！　ママも絶対やったほうがいいよ！」

「それは楽しそうね。ママもやってみなくちゃ」ティルダは娘の髪をそっと撫でた。「今度、一緒に行きましょう。次の週末でもいいわ」

それからティルダは急いで自室へ上がってデニムのレギンスとセーターに着替え、夕食の準備に取りかかった。アニカは祖父をつかまえてしゃべりつづけている。家政婦がつくりおいた料理を冷蔵庫から出しながら、娘の生き生きした笑顔をティルダはカウンター越しに眺めた。

ケイレブから受け継いだ黒い瞳、濃い眉毛、高い頬骨。それでもやはり子どもは子どもだ。大人の男性とは違う。少女らしい愛らしい顔立ちをしている。

どうしてエレインに勘づかれたのだろう。エヴァのパーティーにケイレブは出ていなかったのだ。二人並べて比べでもしないかぎり、彼とアニカの類似に気づくはずもない。ティルダはこれまでエレインと言葉を交わしたことさえなかった。ほとんど知らない人と言ってもよかった。

デザートのアイスクリームを食べ終えると、ティルダは壁の時計を見やった。「寝る時間よ、アニカ」

「ちょっとだけ動画見ちゃだめ?」アニカが甘えるように言う。

「だめです。すぐベッドに入るのよ。髪を梳(と)かして歯を磨いて。おやすみのキスをしにママも行くから」

アニカは祖父をハグしておやすみなさいと言うと、階段を駆け上がっていった。ハーバートは目をつぶって背もたれに頭を預けている。顔色が優れず、ひどく疲れているのがティルダには見て取れた。

「父さん?」ティルダはキッチンから声をかけた。「大丈夫?」

父が目を開けた。「わたしはつらいんだよ。アニカに足りない部分を埋めてやることができなくて」

「何、それ? 足りない部分って?」

父は小さく手を払うしぐさをした。「わたしは父親の代わりができない。それだけの体力がない」

ティルダは布巾で手を拭くと、勢い込んで父のそばへ行った。「今は当然よ。心臓の手術を受けたばかりだもの。父さんの胸骨が元通りになるのにあと数カ月はかかるでしょうね。でもいつかは必ず元通りになる」

「しかしなあ」父は弱々しい声で言った。「完全に元通りというわけにはいかんだろう」

これはよくない傾向だとティルダは思った。父と向かい合うソファに腰を下ろして、身を乗りだす。「どうしようもないことでくよくよするものじゃない」ティルダはきっぱりと言った。「わたしにそう教えたのは父さんよ。高望みしすぎて腐るな、怒るな。そう言ってたじゃない」

父の唇がわななないた。「さすがはわたしの娘だ。頼もしい」

「わたしこそ父さんを頼りにしてるんだから。わたしのために、しっかりしていてもらわなきゃ」

ハーバートはうなずいた。「そうだったな」表情がやわらいだ。「がんばるよ。もう弱音は吐かないようにしよう」

アニカの部屋は、かつてはティルダ自身が使っていた子ども部屋だ。行ってみると、アニカは花柄のアンティーク・キルトにくるまって丸くなっていた。心配そうな目をこちらに向けてくる。「おじいちゃん、大丈夫だった?」

「ちょっと疲れが出ただけよ。手術した心臓がね、元通りになろうってがんばってる最中なの」ティルダはそんなふうに説明した。「だからおじいちゃん、心臓を働かせすぎないようにするお薬をのんでるの。それをのむとちょっと元気が出なくなるの。でも大丈夫、日にちがたてば元通りのおじいちゃんになるから」

「なってほしいな。だってさ、せめておじいちゃん一人ぐらいは、いてほしいもん」

「え？　〝一人ぐらいは〟って？」

「ケイリーがね、家族のことでブーブー言うの。ケイリーにはパパとママのほかにお姉ちゃんが一人とお兄ちゃんが二人いて、あと、おじさんが二人でしょ、おばさんが三人でしょ、いとこなんて八人もいるんだって。おばあちゃんとおじいちゃんは全部で六人いるんだよ」

「六人？　すごいわね！」

「でしょ？　なんでかっていうと、両方のおばあちゃんが二回ずつ結婚したからなんだって。それでね、ケイリーは文句を言うんだよ。トイレがいっつも渋滞してるって。でも、それって、いいなってあたしは思う」アニカが顔を擦り寄せてくる。「ケイリーは面白いけど、ときどきあたし、学校の友だちに会いたくなっちゃう」それは囁くような声だった。

「わかるわ、アニカ。急に何もかもとお別れしないといけなくなったんだものね。悲しい思いをさせてごめんなさいね」

「いいの。おじいちゃんを助けるためにママが戻ってこなきゃならなかったの、わかってるよ。だけど今夜のおじいちゃん、なんか悲しそうだった。あたしが何を言ってもおじいちゃん、笑わなかったもん。一瞬は笑うんだけど、一瞬だけ」

「おじいちゃんを笑わせようとしてくれたのね。アニカは優しい子ね」

胸の詰まる思いでティルダは娘におやすみなさいのキスをした。それから父のところへ戻り、ソファに腰を下ろすと、ブリーフケースから分厚いファイルを取りだした。

「それがモステックの息の根を止めるというファイルかい？」

「そう。見て」父の膝の上でそれを広げる。

父は、触れるのも気が進まない様子だった。「こんなものをいったいどこから手に入れた？」

「知り合いのベンチャー投資家。少し前にリオデジャネイロで技術会議が開かれたんだけど、そこで会ったの。彼、〝ファー・アイ〟への出資を考えてくれてるのよ。ウェストン・ブロディという人」

感心したように父が言った。「あの〈ブロディ・ベンチャー・キャピタリスト〉のブロディかい？　あれほどの大物に興味を持たれるとは、〝ファー・アイ〟は本当に有望なんだねえ」

「ええ、すごくいいプロジェクトだって、ウエスも言ってくれてるわ。いろいろ話すうちに、モステックがライリー・バイオジェンを狙ってることを彼から聞いたの。そして、これを渡されたというわけ。これを使えばモステックを潰せるよって」

ハーバートはファイルのページをぱらぱらとめくった。「いったい何が書かれているんだ?」

「これはね、ジョン・パドレグがつけてた日誌よ。スリランカにあったモステックの研究所の所長だった人。覚えてる?　二十三年前に爆発した研究所」

「覚えているとも。あれで、ジェロームの連れ合いのナオミ・モスが命を落とした。彼女とわたしはカリフォルニア工科大学で一緒だったんだ。友だちだった。一人娘のヴェロニカはおまえと同じ年頃じゃないかな。あれは本当に悲惨な事故だった」

「事故じゃないのよ」ティルダは言った。「パドレグが所長を務めていたあの研究所では、耐寒性と耐害虫性を併せ持つ穀類の開発が行われていた。ところがそれは有毒カビにとって格好の宿主だった。そのため多数の死者が出たけれども、事実は隠蔽された。遺族は買収され、報告書は改竄(かいざん)された。パドレグはその経緯をすべて記録していたのよ」

ハーバートが遠近両用眼鏡を上下させながら筆記体の走り書きに目を凝らした。「読みづらいな」

ティルダは新たな書類を取りだした。「こっちは研究所で行われていた実験のデータ。パドレグは、隠蔽工作を主導したのはナオミだと考えていたみたい。三人のモス、すなわちエレイン、バートラム、ジェロームの代理として」

父はページをぱらぱらとめくった。「なぜブロディはモスを潰そうとしているんだ?」

「それはわからない。理由は聞いてないわ」

「ふむ。やりたいなら自分でこれを使えばいい話じゃないか」

「自分の会社が反撃を受けるのを避けたいのよ。だからわたしを使うんでしょうね」

「ああいう連中らしいやり方だ」父は苦々しげにつぶやいた。

「やめてよ、父さん。彼は力になってくれようとしてるだけよ」

父は疑わしげに鼻を鳴らし、ファイルにざっと目を通した。「ナオミには卒論を書くにあたってずいぶん世話になった。わたしのほうは彼女にちょっとした恋心を抱いていたんだ。ナオミは人一倍正義感が強かった。ここに書かれているようなことを彼女がするわけがない。ジェロームだってそうだ。忌ま忌ましい男だが、人を死なせて平気でいるような人間じゃない」ばしばしとファイルを叩く。「こいつは何か妙だ。嘘くさいぞ」

「じゃあ父さんは、これをモス側に突きつけるのはやめたほうがいいという意見?」

「これが紛れもない真実なら、やるがいい。しかし、どうだ? 真実だと言い切れるかい?」

ティルダはため息をついた。「それについては、ウェスにこれをもらったときからずっと考えてるんだけど」

「わたしなら使わないね。モステックにはやりたいようにやらせるさ。なんとかなる。おまえさえ金銭的に困らなければ、それでいいんだ。そして、アニカの教育にかかる分をちゃんと確保できれば」

「それは大丈夫よ、父さん。わたしにはスキルがあるもの、仕事には困らない」

「もちろん、おまえは有能だとも。しっかりやっていけるだろう。わたしは、まあ……ライリー・バイオジェンはただの会社だ。生まれたものはいつか死ぬ。それが物の道理というものだ」

「父さんのもとで何十年も働いてきてくれた人たちを失業させたくないわ」

「それはわたしもだ」ハーバートの声は悲しげだった。「だが、このファイルがそれを阻止できるとは思えんよ」

ティルダは返事をせず、ずいぶんしてから口を開いた。「わたし……ケイレブ・モスと結婚するわ」ゆっくりと言う。「そうすれば誰も路頭に迷わずにすむ」

ハーバートの手から書類が落ち、床に散らばった。

「だめだ」父は言った。「本気じゃないだろうね、ティルダ。おまえはすでに一度、あの男に捨てられたんじゃないか。向こうはアニカの存在さえ知らないんだぞ」

「あの頃とは状況が違うわ。わたしね、結婚したいと思ったことは一度もないの。子どもを授かっただけでじゅうぶん幸せで、しかもその子は最高にすばらしい子で。アニカがいればほかに何もいらない。だからケイレブに求めるのは何枚かの書類へのサインだけ。もし彼がアニカの父親としての役割に興味を持つようなら、あの子に関するすべての決定権はわたしが持つという取り決めを交わすつもりよ。それなら問題ないでしょう？ これは単にビジネス上の契約にすぎないんだから」

「待ってくれ、ティルダ」懇願するように父は言った。「もっとじっくり考えるんだ」

ティルダは、あの夜、ケイレブに言われた言葉を思い出していた。彼に愛を告げた夜、返ってきた言葉。

あんな失敗は、もうしない。二度としない。ティルダはエレインの名刺を取りだすと、スマートフォンに番号を登録した。

「もう考えたわ。行動に移す時が来たのよ」

3

「冗談よね、ばばさま」マディが言った。「お願いだから、冗談だと言って」

「言えないわ、残念ながら」祖母が毅然と応じる。「冗談なんかじゃないし、もう決まったことなのよ、マディ」

ケイレブは彼女たちに背を向けていた。祖母の家の書斎から窓の外を見ているが、あまりに腹立たしくて両の拳が震えるほどだ。

「ばばさまはぼくたちを洗脳しましたよね、モステックのすばらしさについて。ぼくたち三人とも、従順な新兵みたいにそれをすっかり信じてここまで来た。バートラムおじいさまのレガシーを受け継ぐぞ！　飢餓を撲滅し農業を発展させ地球の未来を守るんだ！ってね。そして今度は、ばばさまはそのモステックを人質に取ってぼくたちを意のままに動かそうとしている」

「人質に取る？」エレインが鼻を鳴らした。「まったく、大げさなんだから」

「本気なの、ばばさま？」マディは、なおも言った。「兄さんたちは三十五歳までに結婚しなくちゃいけなくて、わたしは三十歳までに？　そもそも、そんなの不公平だわ」

「ええ、そうね。でもそこは大局的視点を持って乗り越えないといけないわ。男性は子作りのタイミングを逸しても挽回の余地が大きいのだから」

「わたしは子どもを持ちたいと思ってない！」マディは半泣きになっている。

「ばかおっしゃい。ともかく、三人全員がこの規定に従うこと。一人でも拒めば、経営権はジェロームに譲ります」

「彼は株式を公開するに決まっている。ずっとそうしたがっていたんだから」ケイレブは言った。「ばばさまはモステックの倫理基準を大事にしていたでしょう？　利益より人だ、と。あれは全部嘘だったんですか？」

祖母は怯んだような表情を浮かべた。「嘘なものですか。倫理基準は大事だと心から思っているわ」

「だったら、どうして？」マディはますます声を上ずらせた。「どうして急にそんな命令をするの？」

エレインは椅子に腰を沈めた。「わたしぐらいの年になるとね、みずからの過ちを振り返っていろいろと考えるようになるものなの。わたしの最大の過ちはあなたたちの母親のこと。したいようにさせすぎたわ。本人みずからやる気になってくれることを願っていたけれど、最後までそうはならなかった。あなたたち同様、あの子も頭はよかったのに、遊ぶことしか考えていなかった」

「わたしたちは母さんじゃないわ、ばばさま」マディがぴしゃりと言った。

「そんなことはわかってます。でもね、娘のときの失敗を反省するあまり、孫たちには逆の意味でやりすぎたと今は思っているのよ。厳しくしすぎたと。ご覧なさいよ、あなたたちを。三人とも向上心の塊で、がむしゃらに仕事をして。そして独り者。揃いも揃って、結婚しそうな気配がこれっぽっちもない」

「わたし、ばばさまに言い聞かされてきたわよね！　子どもを産むだけが女の人生じゃないって！　今さら正反対のことを言いだすなんて、ひどい！」

「孫への教育がうまくいきすぎたようね。あなたたちの年頃なら普通はデートで忙しいものでしょうに。三人とも知的で教養があって魅力的だけれど、お行儀がよすぎる。そこが問題なのよ」

ケイレブは苛立ちを隠そうとは思わなかった。「そのすばらしい気づきのきっかけは何だったんですか？　夢を見た？　それとも神のお告げかな？」

「口のきき方に気をつけなさい」祖母が彼をたしなめた。「このあいだのエヴァ・マドックスの婚約披露パーティーよ」

「あのパーティーにはわたしも出たけど」マディが口を挟む。「お告げなんてあったかしら」

「減らず口が過ぎるわよ」ぴしりと祖母が言った。

「なるほど、わかったわ。エヴァは素敵な男性をつかまえた、可愛い子どもも生まれるだろう、それに引き換え自分の孫は……。ばばさまは妬ましくなったのね？　だけどばばさま、エヴァはすごくラッキーだったってこと、わかってる？　彼女はザックを心から愛していて、ザックはエヴァを崇拝しているのよ。そういう結婚なら、わたしだってしたい。でもね、ばばさまのとんでもない命令に従うために適当な相手で手を打つなんて、まっぴらよ！　本当に好きになった人と結婚したいの！」

「わたしだって、それがいちばんだと思いますよ。だけど週に八十時間も数字と格闘しているようでは、そんな相手を見つけられるはずもない。それから、わたしのひらめきはエヴァのお相手とは関係ありません。確かに素敵な青年ではあったけれどね。思いついたのは、ティルダが連れていた女の子を見たときよ」

ティルダの娘の話が持ちだされたとたん、ケイレブの胃が縮み上がった。「その子の何がばばさまの目を引いたんですか？」

「何が、ですって?」祖母は呆れたように言った。「よくもそんなことが言えるわね。白々しい」

「意味がわかりませんね、ばばさま」

「あの子を見たわたしはすぐ秘書に電話して調べさせたわ。アニカ・ルース・ライリー、八歳。生まれはクアラルンプール。その九カ月前に、ケイレブ、あなたがティルダ・ライリーとどんな関係だったか、あの子を見れば一目瞭然よ」

ケイレブは眉根を寄せて祖母を見つめた。衝撃が大きすぎて頭が回らなかった。「はい?」

「あの頃、あなたはベイエリアにいた。そうだったわね? あそこでスタートアップを起ち上げた。そして彼女は、スタンフォードの学生だった。優秀なのね、ずいぶん早く卒業している」

マディがはしばみ色の目を大きく見開いた。「ええ? ちょっと、兄さん! そういうことなの?」

ケイレブは口を開き、また閉じた。「いや――わからない」出た声はうつろだった。

「わたしにはわかっているわ」エレインの口ぶりは確信に満ちている。

「待ってよ、ばばさま」マディが言った。「決めつけるのはよくないわ。DNA鑑定をしたわけじゃなし」

「間違いありません。あの子はあなたたちの母親に生き写しだもの。かわいそうなスザンナにね。初めて見たときには幽霊かと思ったわ。椅子に座らないと、卒倒してしまうところだった」

女たちがケイレブに目を向けた。

「ですってよ?」マディが促す。「そうなんじゃないの?」

「そうとは、どうなんだ?」ケイレブは語気を強めた。「ぼくはその子どもの存在さえ知らなかったんだ!」

「では、具体的に訊きましょう」エレインが言った。「九年前、あなたはティルダ・ライリーとベッドを共にしていたのではなくて?」

「確かに、つき合っていましたよ」ケイレブは認めた。「でも結局は別れた。彼女は外国へ行き、以来、音信不通だった」

重苦しい沈黙が流れた。

「あの子は地球の反対側で生まれたのよ。わたしは自分に曾孫がいることを知らないまま人生を終えるところだった」

声を震わせてそう祖母に言われると、ケイレブの緊張はますます高まった。

「怒らないで聞いてほしいんだけど、ばばさま」マディが用心深く口を開いた。「あのね、その子はアニカ・ライリーであって、スザンナじゃないのよ。混同しないで」

「するわけないじゃないの。年寄りだからってばかにするんじゃありませんよ。曾孫が生まれたのも知らず、一度も会ったことがなかったなんて、騙された気分になって当然じゃないの」

「本当に曾孫かどうか、まだわからないでしょう」ケイレブは言った。「ぼくだって今の今まで知らなかったんですから」

「それにしてもあなた、嫌われたものね。はるばるクアラルンプールまで逃げられて九年間、音沙汰なしとはね。情けない」

「ええ、彼女はぼくを嫌ってますよ。ばばさまもその話を早く言ってくれれば、彼女とのことはちゃんと話したのに」

「不意打ちじゃないと、あなたは自己防衛のための戦略をあれこれ立てるに決まっているもの」

「ばばさま、自分がどれほど卑劣なことをしているか、わかってますか？」

「まだそんなばかを言ってるの？　とにかく、これではっきりしたわ。あなたはかつてテイルダと交際していた。そして別れた。でも、今は年も重ねて当時より利口になったんだから、考え直すことはできるわね」

エレインのバッグの中でスマートフォンが鳴りだした。それを取りだした彼女は言った。

「噂をすればなんとやら。ティルダよ」

ケイレブはぎくりとした。「彼女の番号を登録してあるんですか？」

「調べましたからね。こちらからは名刺を渡したわ。伝達手段の確保は大事ですよ、ケイレブ。九年も音信不通とはねえ」

「いや、だから、ばばさま――」

「シーッ」エレインはスピーカーモードに切り替えた。「ティルダ！」にこやかに応答する。「連絡をくれたのね、嬉しいわ」

「こんばんは、ミセス・モス」柔らかく響く明朗な声に、ケイレブの肌がぞくりとした。まるで、そっと手で撫でられたかのように。

「エレインと呼んでちょうだい。堅苦しいのはやめにして」

「ありがとうございます。あの、今、ケイレブは一緒じゃありませんか？　彼と話したいんですけど、電話番号を知らないものですから」

「あの子なら、ここにいるわよ。ちょうどあなたの話をしていたところなの。なんという偶然かしら」

「本当ですね」はきはきした口調は変わらなかった。「彼に代わっていただけますか？」

「もちろんよ」祖母がスマートフォンを差しだした。

スピーカーモードを切ってから、ケイレブはそれを耳にあてた。「もしもし？」

「こんばんは、ケイレブ」ティルダの声はどことなく楽しげに聞こえた。「話を進める前に、ひとつはっきりさせておきたいことがあるんだけど。エレインの提案はあなたにとっても驚きだったのよね？」

「そのとおりだ」

「そう。それで、あの提案は効力があるものと思っていいのかしら？」

「ええと……」ケイレブは動揺を隠して尋ねた。「どういうことだろう？」

ティルダは苛立ちを含んだ口調で答えた。「お互い、単刀直入に行きましょう。時間を無駄にしたくないから。おばあさまが冗談をおっしゃっただけなら、二度とあなたを煩わせないわ」

ケイレブは声の震えを抑えて言った。「きみの子どもについて教えてほしい」

「どうして？　この話にあの子がどう関係してくるの？」

「ぼくの子なのか？」

ティルダは長く沈黙したあと、ついに認めた。「ええ」

衝撃がケイレブの体を貫いた。気がつくと椅子に座り込んでいた。耳鳴りがすさまじかった。

「……もしもし？　ケイレブ？　聞こえてる？」

「聞こえてるよ」喉が締めつけられるようだった。

「まだ質問に答えてもらってないわ。どうなの？　エレインの提案は有効？」

「ああ」ケイレブは声を絞りだした。「とにかく話し合おう」そこまで言って祖母の視線に気づいた。次いで妹の視線にも。彼女たちの存在をすっかり忘れていた。二人とも全身を耳にして聞き入っている。

「二人だけで」ケイレブは言葉に力を込めた。

「明日はどう？」

「今夜だ。〈ブラック・ドッグ・タバーン〉で会おう。お父さんのところにいるんだろう？　十時半でいいかい？　迎えに――」

「現地集合にしましょう」

ためらいがちにケイレブは訊いた。「会わせたくないから？」

「アニカに？　そうね、今夜は。とうにベッドに入ってる時間だから。いずれにしても、今後の見通しが立ってからじゃないと会ってもらうわけにはいかないわ。これから何が起きるかまだわからないもの」

「悪いことは起きない」ケイレブは急いで言った。「それじゃ、またあとで」

ティルダがわざとらしい咳払いをした。

ケイレブはスマートフォンをテーブルに置いたが、息をするのがやっとだった。

「ケイレブ？」祖母が促した。「彼女、なんて？」

「ばばさまには関係ありません」ケイレブは書斎をあとにして大股に廊下を進み、玄関を出た。

「ケイレブ！　戻ってらっしゃい！」

遠ざかる祖母の声を背中で聞きながら、小走りに車へ向かう。

急げば、シャワーを浴びて髭を剃る時間はあるだろう。


タクシーの後部座席でティルダは、そわそわと落ち着かない気分でいた。髪を下ろしたまま出てきた自分が忌ま忌ましい。アップにしようとしたけれど腕に力が入らず、指も思うように動かなかった。アップスタイルは無言で大事なメッセージを伝えてくれるのに。わたしは大人、あなたとは赤の他人、馴れ馴れしくしないで、と。もてあそばれて捨てられる女の子じゃないのよ、と。

そう、わたしはプロフェッショナルだ。母親だ。戦士だ。なのに背中で奔放に弾むブロンドの巻き毛は、そうした事実を少しも表してはいない。

酒場のドアを開けたティルダは、店内が薄暗いのでほっとした。奥のほうにケイレブがいるのはすぐわかった。近づいていきながら、自分の外見を強く意識する。表情、ヘアスタイル、着ているもの、口紅の色、歩き方。

ケイレブはにこりともせずに言った。「やあ」

「こんばんは」

彼が向かいの席を示した。ティルダは、すっと腰を下ろすとテーブルの上で両手を組んだ。「なんだか緊張するわね」

「祖母はあんな人だが、結婚しろと命じられたのはさすがに初めてだ」ケイレブの顔に苦笑が浮かんだ。「驚かせてすまなかった」

「気にしないで。わたしもう、ちょっとやそっとじゃ動じなくなったから」

ウェイトレスがやってきた。二人ともビールを注文し、ケイレブがメニューを指して言った。「食事は？　ここのハンバーガーはいけるよ」

「お腹は空いてないわ」

その後二人はしばらく黙って互いを見ていたが、やがてケイレブが口を開いた。「なぜ知らせてくれなかった?」

ティルダは眉を上げた。「最後の夜、わたしに言った言葉を覚えている?」

ケイレブが気まずそうな顔になった。「ああ、うん。思い出したくないけれど」

「愛じゃない。あなた、そう言ったのよね。わたしはわたし自身の肉体的反応に惑わされてるだけだって。男性経験のなかった女はみんな、最初の相手に対してそういう勘違いをするものだって」

ケイレブが顔をしかめた。「ぼくは大ばか者だった」

「そうね。妊娠しているとわかったときには、わたしはずいぶん遠いところにいた。時間がたてばたつほど、あなたに知らせたい気持ちは薄れていったわ。アニカとわたし、二人でじゅうぶん幸せだったから。今のあの子にはおじいちゃんもいるし。ほんとになんにも問題はないのよ」

「ハーバートの心臓のこと、聞いたよ。元気になってよかった」

「会社が安泰だったら、もっと元気だったでしょうね。社交辞令は結構よ」

「本心だよ。買収についても、うちとしては誠実に進めている。ライリー・バイオジェンはジェロームに狙われる以前から問題を抱えていた。われわれが必ず力になれる」

「それについては今は置いておきましょう。話し合うべき事柄はほかにあるわ」

「わかった」

ウェイトレスがビールを持ってきた。一口飲んでからティルダは言った。「おばあさま、すごい方ね。日頃からあんなふうに采配を振ってらっしゃるの？」

ケイレブが声をたてて笑った。「今日はさすがのぼくもぎょっとしたよ。ＣＥＯだった頃の祖母は確かに君臨していたと言っていいし、いまだにぼくらの選択に口を挟むことをためらわない。それでも今日のあれには驚かされた」

「本気なのかしら？　あなたが誕生日までに結婚しないと悲惨なことになるって」

「うん。ぼくだけじゃない。マディとマーカスもだ。三人全員が決められたときまでに結婚しないなら、会社の実権を大叔父に譲ると言ってる。大叔父はモステックに関してぼくらとはまったく違うビジョンを描いているんだ――とうてい承服できないようなビジョンをね」

「つき合ってる人、いないの？　花嫁候補は」ティルダはそう言ってから続けた。「ごめんなさい、あからさまなこと訊いて。でも、はっきりさせておいたほうがいいでしょう？」

「いないよ。このところ仕事一筋だったから」

「じゃあ、お互いの問題の解決を図るためにわたしと結婚してもいいと思ってる？」

「うん」

「いくらおばあさまでも、曾孫を増やせというのは、なしよ?」

「そんなことは言わせない。誰にもコントロールできないことだ」

「わたしが言いたいのは、この結婚は名目だけ、ってこと」ティルダは言った。「ビジネス協定だから。この協定を結べば、あなたはおばあさまの干渉から逃れられて、モステックも安泰」

「そしてぼくは娘を持てる」

　不意に喉元に熱いものが込み上げてきて、ティルダは自分でも驚いた。アニカに父親の温もりと保護を与えてやれるのが無性に嬉しかった。リスクは無視できないとしても、自分がそれをどれほど望んでいたか、今の今までわかっていなかった。

　込み上げた塊をごくりと飲み下してティルダは言った。「そうなるわね」

「で、そっちは?　きみの希望は?」

「父の大事な会社を守りたい。従業員の雇用を維持したい。あの会社の知的財産、設備、研究内容、すべてを把握しているのは彼らだもの。彼らに今のまま業務を続けてほしい。四十年以上かけて築いてきたシステムを停止させたくないわ」

「もっともな話だし、すべての関係者にとってもそれが最善だ。熟練のスタッフを擁する万全な形のライリー・バイオジェンはすこぶる貴重だよ」

「すんなり行くとも思えないけどね」ティルダは言った。「おばあさまはモステックをゲームの駒にしようとしてらっしゃるんだもの」

「まったく、腹が立つなんてものじゃない。純利益が四倍になるまでにモステックが成長したのも、一貫して経営理念を曲げずに来たからだ。なのに突然、すべてをジェロームに譲るって？　あんな人間に」

「その人のこと、嫌いみたいね」

「ああ。ぼくらとは犬猿の仲と言っていい。とりわけ祖母とは」ケイレブは肩をすくめた。

「曾孫の存在がよほど強くあの人を突き動かしたんだろう」

「そのことなんだけど。おばあさまはどうやってアニカのことを知ったのかしら。あなたが父親だなんて誰にも明かしていないのに。父にさえ、今日まで黙っていたのよ」

「亡くなったぼくの母に似ているらしい。エヴァ・マドックスの婚約パーティーでアニカを見たとき、娘スザンナの幽霊かと思ったそうだ。卒倒しそうになったと言っていた」

「そうだったの」

「アニカの写真は持ってる？」

ティルダはスマートフォンを取りだすと、一連の画像を表示して彼に手渡した。

ケイレブは夢中で画面をスクロールした。「驚いたな。母のことはうっすらとしか覚えていないが、これぐらいの年頃の写真を見たことがある。同一人物みたいだ。美人だね」

「自慢の娘よ。優しくて面白くて利発で。物怖じせずに自分の意見を言うし、なかなかの頑固者。嘘やごまかしはたちどころに見抜いちゃう。わたしはあの子に嘘をついたりしないけど」

ケイレブが眉を上げた。「ぼくに警告しようとしてるのか？」

「アニカがどんな子か、教えてあげてるだけ。そうそう、大事なことを言っておかなくちゃ。結婚するしないは別にしても、アニカに関わってくる事柄を決めるのはわたしですからね。あなたでもおばあさまでもない。このわたし」

ケイレブはうなずいた。「全体像が見えてきた。結婚は名目だけ、ライリー・バイオジェンの扱いは慎重にする、そしてアニカの保護者はあくまで、きみ。これできみにとっての防御は完璧かい？」

ティルダは目を細めて彼を見つめた。「防御って。まあ、そうね。でも、もうひとつだけ。避難経路の確保。どこかの時点で離婚の選択ができるようにしておかないと」

「祖母のつくった文書には、五年は婚姻を継続することとあった」

「五年」ティルダは考え込んだ。「それは長いわね。わたしはもう子どもをつくる気はないけど、あなたはそのうち欲しくなるかもしれない。五年たってからじゃ遅いかも」

「欲しくなるだろうか」

「それからもちろん、その五年のあいだにそれぞれが別の人とつき合うのは自由よね。当然、周囲には内緒で」

不意に空気が緊張をはらんだ。

「今、ぼくが聞いておくべき相手がきみにはいるのか?」慎重な口ぶりでケイレブが言った。「誰かとつき合っている?」

「わかった」ケイレブはふたたびアニカの写真をスクロールしはじめた。

ティルダは首を振った。「先のことを考えて言ってるだけ」

「どんな気分?」

「妙な感じだな。いろいろと心残りだ。赤ちゃんの頃のこの子を見たかった。声も聞きたかった」

湧き上がる罪悪感をティルダは抑え込んだ。「知らせられなかったのよ、ケイレブ」

「わかってる。九年前のきみの気持ちが、今ならよくわかる。ぼくは本当にひどいことを言った。後悔してるよ。失われた時間を取り戻したいと思っている」

「それは……アニカの父親になりたいという意味?　本気でそう思ってる?」

「もちろん本気だ」ケイレブはティルダのスマートフォンをテーブルに滑らせた。「ぼくたちが、きみとぼくが、いちばん考えないといけないのはこの子についてだ。ほかはすべて些末なこと」

　胸に広がるこの嬉しさはどうしたことだろう？　「そう言ってもらえるとありがたいわ。アニカは育てやすい子だけど、間近で見守るのはずっとわたし一人だった。それって、なかなかきついものなの」

「そこにぼくが加わる。楽しみだよ」

「だけど、はっきり言っておく。親をやるのは楽じゃないわよ。音をあげて逃げだすわけにもいかない。わかってる？　お父さんができたってあの子を喜ばせておいて、結局悲しませるなんてことは絶対にやめて。そんなことしたらわたし、あなたを地の果てまで追いかけていって八つ裂きにするから」

　ケイレブは笑った。「いいね、家族を何よりも大切にするそのたくましさ。アニカは幸せな子だ。大丈夫、ぼくは彼女を悲しませたりしない。マディと祖母も、アニカに会える日をそれはもう楽しみにしている。だからあの二人が彼女につらくあたることもありえない」

「じゃあ、そういうことで」ティルダは息を吐いた。「お互いの弁護士に話を進めてもらいましょう。結婚許可証とか、役所関係の手続きのほうはどうする？」

「うちの社員に頼んでおく」

「お願いするわ。これで今日のところはおしまいね」

「きみの車まで一緒に行こう」

「タクシーで来たの」

「かえって好都合だ。送るよ」

ひどく気持ちが高ぶっていて、ティルダはすぐには断る理由を考えつけなかった。ポルシェの助手席でも世間話などせず、両手を固く握り合わせてただ座っていた。もしかしたら自分は大きな間違いを犯したのではないだろうかと思いながら。

父の家の近くまで来たとき、ケイレブが口を開いた。

「ティルダ。あの夜のことはすまなかった。ぼくは本当にばかだったよ」

ティルダは思い返した。立ち直るまでにかかった長い月日。泣きながら眠りについた数々の夜。じわじわと硬化し、氷のようになっていった怒り。

「謝らないで。壊れたものはもとには戻らないけど、でも、もう過ぎたこと。今回のこれは単なるビジネス協定なんだし」

「そうか」

「それじゃ、また。おやすみなさい」

助手席のドアを開けようとすると、ケイレブがその手を取り、指の節に軽くキスをした。

ティルダはそそくさと車を降りて玄関へ急いだ。

ポルシェのテールライトが夜に溶けていくのを見送るあいだも、彼の唇が触れた手は燃えるように熱かった。

4

「ぼくもそっちにいたかったなあ」マーカスがそう言った。「それにしても、なんで教えてくれなかったのさ。青天の霹靂とはこのことだよ」

妹、祖母、ロニー。女性三人の話し声が賑やかすぎる。弟の声がよく聞こえるよう、ケイレブは電話を持って彼女たちから離れた。「だからこうして、結婚する前に知らせてるじゃないか。そもそも、本当の意味での結婚じゃない。ビジネスだ」

「たとえそうでもさ。ティルダに会うのが楽しみだよ。だけど本当にそれでいいの?」

「何がいいのか悪いのか、もうわからなくなってきた」

「面白いなあ。兄さんがそんな不安そうな声を出すとはね。兄さんの完璧な世界を揺るがす一大事ってわけだ」

ケイレブは鼻を鳴らした。「他人事みたいに言うなよ。おまえだってばばさまのターゲットに入ってるんだからな。マディが三十になるのが先とは言え、いずれそのときは来る。

「今から対策を考えておくんだな」

マーカスは唸るように言った。「まっぴらごめんだね」

おまえだけ逃げようたって、そうはいかないぞ。ケイレブは警告したかったが、今は時間がなかった。「またゆっくり話そう。もう行かないと。始まるみたいだ」

「わかった。とにかく、おめでとう。幸運を祈ってる」

通話を終えたケイレブは女性陣のほうへ向き直った。なんとしてもこのイベントに立ち会い、祝福するんだと言って譲らなかった三人。マディとロニーは目を潤ませてさえいる。幸運にもエレインの孫娘ではなく姪であるヴェロニカ・モス――ロニーは、祖母の命令の対象には含まれていない。いずれにしろロニーには婚約者がいる。彼女が出演する科学番組の共同プロデューサー、ジャレスだ。

ケイレブが〝これはあくまでビジネスであって、大騒ぎするようなことではないのだ〟といくら言っても、妹もロニーも聞く耳を持たなかった。誰もこのイベントをビジネスと割り切ってはおらず、そもそもケイレブ自身が、そう思えずにいた。落ち着け、落ち着け、とみずからに言い聞かせるしかなかった。

いやしかし、結婚するのだ。ティルダ・ライリーと。そして自分の娘と対面するのだ。それを思うと息をするのも難しい。

司式者が到着した。いかめしい顔つきの痩せた女性で、癖の強い白髪をヘルメットのようなスタイルにしている。結婚許可証を携えた市の職員もすでに来ている。だが花嫁がいない。式に遅れても許されるのは花嫁の特権だとケイレブも聞いてはいるが。

じっとしていられないほどにまで緊張が高まった頃、内線電話が鳴った。「ミズ・ティルダ・ライリー、ミスター・ハーバート・ライリー、ミス・アニカ・ライリーがお見えになりました」

「通してくれ」

マディが顔を輝かせている。妹もロニーも、今日はドレスアップしようと早くから張り切っていた。ロニーはアイスブルーのシース・ドレス。念入りにカールされた暗赤色の髪が肩まわりに華やかに広がっている。マディは黄金色の肌と長い脚が引き立つ、ピーチカラーのミニドレスだ。エレガントを旨とする祖母はダブグレーのスーツに身を包み、雪のように白い髪を輝かせている。

その祖母がケイレブの前へやってきた。ネクタイをまっすぐに直しながら、査定するような目で眺めて言う。「今日はいちだんと素敵じゃないの。アルマーニにしたのね？」

ケイレブは肩をすくめた。「クローゼットを開けて最初につかんだのがこれだったので」

祖母の唇の端が持ち上がった。「いい選択だわ」

ドアが開いた。ティルダが入ってくる。続いて、女の子とハーバート・ライリーも。ティルダの美しさにケイレブは目を瞠った。アイボリーのパンツスーツにレース地のインナー。スーツのボトムスは、セクシーな曲線にフィットするスリムなラインだ。パンプスとクラッチバッグもアイボリーで、バッグを持っていないほうの手には白い薔薇とかすみ草のブーケ。ブーケの長いリボンも純白だった。

女の子は白いレースのドレスを着ている。バックルのついた靴の輝きがまぶしい。つやつやした黒い髪に薔薇の花冠を頂き、母親のと似たブーケを握りしめている。そして瞳は、まっすぐにケイレブを見つめ返していた。

あの目なら知っている。ケイレブはそう思った。成果を期待しつつ顕微鏡を覗く、研究者の目だ。

ティルダはほかの面々に微笑みかけ、そのあとケイレブのほうを向いた。「遅くなってごめんなさい」

「待ってたよ」ケイレブはアニカへ向けて手を差しだした。

少女はブーケを反対の手に持ち替えると彼の手を握った。「アニカです」

「ケイレブだ。会えてすごく嬉しいよ。ぼくたち、きっと仲良くなれると思うな」

アニカは、さあ、それはどうかしらねとでも言いたげな表情を浮かべた。祖母、マーカス、マディ、みんなこれに似た顔をすることがある。「はい、あたしもそう思います」それでも礼儀正しく彼女は言った。

ケイレブはティルダに目を戻した。「素敵な花だ。本格的だね」

「アニカがどうしてもって。ちなみに、遅くなったのはそのせいよ。お花屋さんに寄ってブーケと冠をつくってもらうんだって言い張るの。冠だけは、わたしが断固拒否したけどね」

「ママもやってもらったら、きっとすごくきれいだったのに」アニカが心底残念そうに言った。

「パンツスーツだもの。裾を長く引く白いドレスならね、きれいだったでしょうけど」

「だからやっぱり、白いドレスにすればよかったのに！　結婚式だよ、ママ！」

「二人とも、とてもきれいだよ」ケイレブはアニカに言った。「花のおかげでいちだんと素敵になってる。よく思いついたね、偉いぞ」

「でしょ？　でしょ？」

「アニカ」ティルダが怖い口調で言った。「〝ありがとう〟じゃないの？」

アニカはちらりとケイレブを見ると、目玉をくるりと回してみせた。「ありがとう」

すぐに祖母、マディ、ロニーがアニカを取り囲んだ。キスと、髪や花を褒めそやす言葉が少女に降り注ぐ。取り残された格好になったケイレブとティルダは、張りつめた空気の中、無言で見つめ合った。

「本当に、このまま進めてもいいの?」やがてティルダが言った。「すごく顔がこわばってるみたいだけど」

「何というか、アニカに会って胸がいっぱいなんだ」

「やめてもいいのよ。今ならまだ間に合う。先週サインしたのは仮契約書と婚前契約書なんだから。結婚をやめてもアニカとは会えるんだし」

ケイレブはかぶりを振った。「これを切り抜ければ、お互い、得るものは多い。きみがやめないなら、ぼくもやめない」

ハーバートが歩み寄ってきた。表情は硬い。「やあ、ケイレブ」

「ハーバート」二人は握手を交わした。

「きみは自分がどれだけラッキーか、わかっていない」ハーバートは言った。「早いところそれを理解することだ。そしてくれぐれもティルダを以前のような目には遭わせないでくれ」

「父さん! そこまで言わなくても!」

「人間、心臓発作を何度かやると、時間を無駄にしなくなるものだ。遠回しな物言いはまどろっこしい」ハーバートはケイレブにひたと視線を据えたまま続けた。「言うべきことははっきり言わせてもらうよ」

「いいんだ、ティルダ」ケイレブは言った。「謝っても、きみには受け入れてもらえなかった。代わりにお父さんに謝るよ」

「わたしも謝罪は受け入れない。行動で示してもらおう。この二人はわたしの命だ。大事にしてやってくれ。さもないと、わたしはきみをただじゃおかない」

「もういいでしょう、父さん？　これから結婚する者同士が二人きりの会話をしていたのよ」

ハーバートはくるりと向きを変えると大股に窓辺へ行き、シアトルの街を眺めはじめた。憤りが全身から放たれているのが目に見えるようだった。

「ごめんなさい」ティルダが囁(ささや)いた。「父さん、この頃感情的になりやすいの」

「気にしてないよ。同じ立場に立ったら、ぼくだって同じように思うだろうから」

「そうね。あなたもあと五、六年すれば、娘が傷つかないか、利用されないか、父親として始終気を揉(も)んでなきゃいけないかも。ちょっと楽しみじゃない？」

ケイレブは動揺した。祖母たちと一緒に笑っているアニカを見やる。「想像もつかないな」

「それでもその日は来るわ」ティルダはつぶやいた。「親業は果てしのない重労働よ。死ぬまでそれが続くの。生きているかぎり、終わりは来ない」

ケイレブはわざと大きな笑い声をたてた。「またぼくをおどかそうとしてるな？」

「どうかしら。怖くなってきた？」

ケイレブは首を振った。「ぼくは逃げない」

「おどかそうとしたんじゃなくて、最後の最後にあなたという人を見極めようとしたのかもしれない。娘の前で結婚を誓う前に。形だけであれ何であれ、やっぱりすごく大きなことだもの」

「同感だ」ケイレブは腕を差しだした。「で？　どうする？　このまま進むかい？」

ティルダがその腕に手を添えた。「ええ。決死の覚悟で」

ケイレブは笑った。「ぼくはそこまで危ういのか？」

ティルダがにっこり笑って彼を見上げた。「ちょっとからかってみただけ」

決められた文言のやりとりがあり、その後、一連の法的文書にサインをする――ケイレブが今日想定していたのは、そうした形式的な手続きだった。しかし、いつの間にかそれは、もっと重みを持った厳粛な儀式の様相を呈しはじめていた。所定の位置に二人がつくと同時に、まぶしいほどの日差しが部屋にあふれた。ケイレブと向かい合って立つティルダは、澄んだ目で何か問いかけるように彼を見つめている。エレインが司式者の隣に、アニカとハーバートがティルダの後方に立つ。アニカは、古風なリボンがなびくレースのリングピローを誇らしげに捧げ持っている。これもまた祖母が主張したために、今ティルダのほっそりした指では、五十年前、祖父バートラムが祖母に贈ったオパールとダイヤモンドの婚約指輪が輝いている。

依然としてハーバートには険しい目で睨みつけられている。そんなケイレブに寄り添うかのように、介添人よろしくマディとロニーがすぐ後ろに控えていた。

打ち合わせをしたわけでもなかったが、彼女たちがそこに立つのはごく自然だったし、ケイレブには心強かった。

儀式は夢の中の出来事のようで現実味が薄かった。ケイレブの意識が捉えるのは細かな事柄ばかりだった。好奇心と期待を全開にして一心にケイレブを見つめるアニカの大きな目。背筋を伸ばし、顎を上げた、ティルダの優美な立ち姿。顔のまわりで揺れる幾筋かの後れ毛。彼女の瞳を幻想的なペール・グリーンにきらめかせる日差し。ケイレブの顔から何かを見つけだそうとして見つけられずにいるような、ティルダの表情。

夢を見ているような気分のまま、それでもケイレブは述べるべき言葉を述べた。

「……あなた方が夫婦であることを宣言します！」司式者の高らかな声が響いた。「花嫁にキスを」

しまった。このくだりは省くよう前もって頼んでおくべきだった。どうする。キスするか、しないか、どちらだ？　ケイレブは、それぞれの選択肢が招く困惑の度合いをすばやく計算し……キスするほうを選んだ。ごく軽い、形ばかりのキスだった。とりあえず面目が保てる程度の。

しかしティルダは、ぎょっとしたように目を見開いた。一緒に口も開いた。ちょうどそこへケイレブの唇が――

形式的な軽いキスではなくなった。本物のキスだ。世界が揺らぎ、様相を変え、ティルダ以外のすべてが消え去った。あるのは彼女の匂い、彼女の肌、彼女の唇のみ。ああ、この甘さ、熱さ、痺れるような感覚……。

背中を起こしたときケイレブは震えていた。呆然としていた。

続いて、ほうぼうからのハグとキスと祝福。ハーバートからは堅苦しいうなずきと握手。アニカが思わずといった感じで抱きついてきたときには心臓が大きく跳ねた。そのあと祖母に力いっぱい抱きしめられた。

「これからは自重なさいよ、ケイレブ」祖母が囁く。

「余計なお世話ですよ」彼は小声で返した。「もう、こっちのことは放っておいてください、ばばさま」

祖母は顔色ひとつ変えずにくるりと後ろを向くと、ぱんぱんと手を打った。「では皆さん、お隣の部屋へどうぞ。シャンパンとブランチ・ビュッフェを用意しておきましたよ！」

「あたしもシャンパン、ちょっぴり味見していいですか？」アニカが言った。

「いいえ、アニカ。あなたはフルーツジュースね。ピーカンキャラメル・シナモンロールや、チーズとベーコン入りのペストリーもあるわよ。ほら、いらっしゃい！」

「言わないで。あててみせるから」ティルダがケイレブに耳打ちした。「そんな披露宴めいたものがあるなんて、あなたは聞いてなかった。最初の結婚命令と同じく。でしょ？」

「正解」ケイレブは忸怩たる思いを滲ませて答えた。「でもまあ、ちょっと飲みたい気分ではある」

「わたしも」ティルダが力を込めてうなずいた。

隣室へ行ってみると、細長いテーブルは真っ白なテーブルクロスで覆われ、蘭の花の豪奢なアレンジメントが飾ってあった。ワインクーラーでシャンパンが冷やされ、見るからに美味しそうな食べものが並んでいる。ほかほかと湯気を立てる焼きたてベーグル、ホイップクリームチーズとスモークサーモン、甘いペストリーのあれこれ。そして、新郎新婦の入室と同時に弦楽五重奏団の演奏が始まった。

ケイレブとティルダは顔を見合わせて笑った。

「ヴィヴァルディの『春』だったかしら？」

「音楽には詳しくないんだが、これには『大げさ』あるいは『やりすぎ』という曲名をつけたいな」

二人の笑い声が弾(はじ)けた。高い音が飛び跳ねる明るい音楽はこの場にふさわしいとケイレブは思った。自分でも信じられないぐらい気分が高揚してくる。

騒々しくて考えごともできない。でも、それでいい。

今は何も考えずに、ただ感じていたい。


ここまで楽しそうなアニカを見るのは本当に久しぶりだとティルダは思った。今はマディとロニーとアニカの三人が、部屋の隅に集まって笑い声をたてている。マディもロニーもすっかりアニカに魅了されているようだ。無理もない。あの子は社交的で人なつっこい。ごく小さな頃からパーティーが大好きだった。母親から受け継いだ資質ではないし、どうやらケイレブからでもなさそうだ。彼はまだ緊張しているように見える。それはティルダも同じだが、シャンパンのおかげでいくらかリラックスしはじめている。

それから、あのキス。ああ――

はい、あとについて言って、ティルダ・ライリー。〝これはビジネス協定です〟

もっと真剣に言わないと。確信を持って。

ティルダは料理をつまみ、シャンパンを飲んだ。楽団はさきほどから最近流行(はや)りのポップソングを次々に演奏していて、アニカは大喜びだ。アニカが曲名をあてるたび、マディとロニーが手を叩(たた)く。

「『ブレイキング・ダウン・ユア・ウォールズ』！」アニカが叫んだ。「ムーンキャット・アンド・ザ・キンキーレディーズの曲！」

「ずっと前からの友だち同士みたいだ」後ろでケイレブの声がした。

彼とエレインのほうを向いてティルダは言った。「友だちづくりの名人なの」

「なんて可愛(かわい)らしい子なのかしら」エレインが言った。「明るくて、お行儀がよくて。本当にすばらしい。しっかり育てたのね」

「ありがとうございます。娘はわたしの宝です」

曲が終わると、エレインがグラスを高く掲げて側面を指で叩いた。「ちょっと、いいかしら！」声を張り上げる。「ここでわたしから二人への結婚祝いを発表させてもらいます！」

結婚祝いですって？　ティルダは警戒の色を隠さず、ちらりとケイレブを見た。ケイレブがかぶりを振って囁いた。「見当もつかない。いったい今度は何なんだ」サプライズはもうたくさん。ティルダはそう思ったが、勢いづいたエレインを止められるわけもない。

「年長の孫がついに身を固めてくれて、こんなに嬉しいことはありません」エレインはそう言った。「実はね、一年ほど前に別荘を三軒購入したんです。ブレイカーズ・ベイとカラザーズ・コーヴのあいだ、カラザーズ・ブラフの海辺に、コテージをね。三人の孫それぞれが結婚するとき、お祝いとしてプレゼントするつもりで。それをこうして、ついに発表できる日が来たんだわ！　ケイレブ、あなたとティルダはカラザーズ・ブラフ・ロード一二〇〇番地の栄えある所有者になったのよ。そしていずれはマーカスとマディもご近所さんになる」エレインはケイレブに鍵の一式を手渡した。「きっと気に入ってもらえると思うわ」

ケイレブは手の中の鍵を見下ろし、それからふたたび祖母に目を戻した。「ありがとう、ばばさま。でも、前もって言っておいてくれればよかったのに」

「使うのはこれからなんだから、前もって言ってるじゃないの」

「兄さんは休暇なんて取らない人よ」マディが言った。「海辺のコテージなんて、兄さんには無用の長物じゃない」

「とんでもないわ。もう家庭を持ったのよ。まとまった休みは必要です。新婚カップルのための休暇の手はずはもう整えてありますからね。しばらくあちらで羽を伸ばしていらっしゃい。新生活へ向けていろいろと相談する必要もあるでしょうし」

ティルダは首を振った。「ミセス・モス、お気持ちはありがたいんですが――」

「わたしのことはエレインと呼んでちょうだい」

「では、エレイン。わたしには八歳の子どもがいます。何事も急にというわけにはいきません」

「だからこれから第二の提案をしますよ」いくらか落ち着いた声でエレインは言った。「マディもロニーもわたしも、可愛いアニカと早く親しくなりたくてうずうずしているの。あなたたちがハネムーンに出かけているあいだ、あの子をうちで預からせてもらうことは可能かしら？」

ハネムーン？　ティルダはシャンパンにむせそうになった。

ケイレブがこちらへ体を傾けた。「仕事仲間で行く研修旅行みたいなものだと思おう」彼はそう囁いた。「確かに祖母の先走りようはすさまじい。だけど、このばか騒ぎからいっときでも逃れられるチャンスだ。アニカがそばにいれば、遠くにいるぼくたちのことはかまわないでいてくれるだろう」

「ワインや食料品は配達してもらうようこちらで手配するわ」エレインが続ける。「現地で管理人のジョシュアが待機してくれているから、彼に何なりと申しつけてちょうだい。外で食べたくなったら、〈パラダイス・ポイント・リゾート〉にミシュランの星を獲得したシェフがいるわ。海沿いに十分ほど南へ行ったところよ。アニカとひとつ屋根の下で過ごせるのかと思うと、わたしもわくわくする。責任を持って預かりますからね。あなたとしてはアニカが楽しめているかどうか気になるでしょうから、いつでもビデオチャットをしてくれてかまわないのよ」

どんどん話を進められてティルダは面白くなかったが、この局面で頑(かたく)なに拒むのも大人げない。アニカを見やると、マディの腕につかまり、背中をのけぞらせてブリッジを披露している。髪が床をこすりそうだ。

「もちろん、アニカにはまだ言ってませんよ。あなたを差し置いて、そんな図々(ずうずう)しいことするものですか」

ティルダはアニカを呼んだ。「ちょっと来て」

頬をピンクに上気させてアニカが駆けてきた。「ねえママ、マディがね、アクロバットのショーにあたしを連れていきたいんだって！　知ってる人が出てるんだって！　あとロニーってね、『細胞の秘密』の司会者なんだよ！　あたし、初めてテレビスターに会った！」

「よかったわね、アニカ。あのね、ミセス・モスがあなたにお泊まりに来ませんかって言ってくださってるの。マディとロニーも一緒に」

アニカの目がまん丸になり、きらきらと光り輝いた。「ほんとに？　ね、行ってもいい？　お願い、いいでしょ？　すっごく楽しいに決まってるもん！」

「あなたが本当に行きたいなら、いいわよ」

「やったあ！　マディとロニーって最高だよ、ママ。絶対ママもあの二人のこと大好きになる」

「そうね、きっとなると思うわ。ほら、ミセス・モスにお礼を言って。お招きくださってありがとうございますって」

アニカはエレインにとびつくと、その腰を力いっぱい抱きしめた。グラスのシャンパンが跳ねて手を濡らすのにもかまわず、エレインは相好を崩した。

「あらあら、なんて可愛らしいご挨拶なの」エレインはグラスを置くと、優しくアニカを抱きしめた。

愛情あふれるエレインの目を見て、ティルダはどきりとした。そして、不安になった。

自分以外の、まだよくは知らない誰かがアニカに強い愛着を示す、そんな状況への心づもりができていなかったのだ。でも、と思い直す。アニカを大事にしてくれる人がこの世に一人でも増えれば、それだけこの子は安全に生きていけるようになるのだろう。

「わたしのことはおばあちゃんと呼んでね。なんなら、ばばさまでもいいわ」エレインがアニカに言っている。「みんなはそう呼ぶのよ。さあ、マディとロニーに知らせてらっしゃい」

「ありがとう、ばばさま!」アニカはそのあとティルダをハグして、ついでのようにケイレブにも抱きついた。ケイレブの反応は遅れ、彼が抱き返そうとしたときには、もうアニカは駆けだしていた。

「隙あらばハグしようとしますから」ティルダはエレインに言った。「慣れていただくしかないんですけど」

「いいじゃないの、可愛くて。いくらでもハグしてもらいたいわ」エレインはティッシュで目元をぬぐい、小さく鼻をすすった。「あなたたち、そろそろ帰って荷造りに取りかかりなさい。ブレイカーズ・ベイまでは休憩なしで走っても三時間半かかるわよ」

エレインはアニカのほうへ歩いていった。それを見守るうちに、確固たる現実がティルダの胸に迫った。

ロマンティックな海辺のハネムーンに出かけるのだ、わたしは。世にも魅力的な夫と共に。

神さま、どうかお力をお貸しください。

5

ケイレブが新妻のスーツケースをトランクに積み込むあいだ、ティルダは、マディの車のチャイルドシートに収まったアニカに矢継ぎ早に問いかけていた。「スマートフォンの充電器は持った？　ママにかけたいとき、すぐかけられるようにしておくのよ」

「大丈夫だってば、ママ」アニカのほうがなだめ役だった。「なんにも心配しないで。ほんとにあたし、大丈夫だから」

「パジャマは入れたわね？　下着は？　歯ブラシ、忘れてない？　羽織るものは？」

「ぜーんぶ入ってるよ。あたしがいなくても楽しんできてね、ママ。わかった？」

ティルダは笑った。そしてマディの車が出発すると、手を振るわが子の姿が見えなくなるまで目を離さずにいた。

「わたしったら、どうかしてるわね。アニカと離れることに慣れてないのよ」

「マディと一緒なら楽しめるに決まってるさ」ケイレブはポルシェのドアを開けた。「行こうか」

運転しながらケイレブは、何か音楽でもとティルダにすすめた。

ラジオのつまみを回すティルダの手が、ある曲が流れてきたところで止まる。「これ、わかる？」

ケイレブはひとしきり耳を傾けた。「今日、楽団が演奏していたね？」

「そう。このロックバンド、わたしもアニカも大好きなの。ムーンキャット・アンド・ザ・キンキーレディーズ。これは『ブレイキング・ダウン・ユア・ウォールズ』という曲なんだけど、わたしたちいつもこれで踊ってるのよ」

ティルダはボリュームを上げ、聞き入った。

叫んでも叩いても
石を投げても
きみの壁はコンクリート　びくともしない
でも待っている　悪いのはぼくだから
愚かな愛だね
冷たい雨に打たれて　待っている……

歌詞を聞いてケイレブは唇を固く結んだ。インストゥルメンタルのほうがよかった、と思った。「それにしても楽団を呼ぶとはね」話題を変えるために彼は言った。「祖母らしいと言えば祖母らしい」

「ほんと」ティルダが大きくうなずいた。「こっちはビジネスの延長のつもりでいたら、ブランチ・ビュッフェに巨大な蘭のアレンジメントに楽団だもの」

「でもアニカだってブーケがいると言ったんだろう？」

「アニカは八歳よ。大きくなったらディズニーのプリンセスになりたいって本気で思ってるんだから。おばあさまは違うじゃない。それに、この結婚祝い。メロンくり抜き器でもチーズボードでもなく、海辺のコテージ！」

「うん、まさかこう来るとはね。誰も一言も知らされていなかったんだ。おそらく、まずは結婚しろってことだったんだろう」

「結婚はずっと急かされていたの？」

「二、三年前はしょっちゅうぼくを誰かと引き合わせようとしていた。それをことごとく撥ねつけて、もうあきらめたんだと思っていたんだが。エヴァのパーティーでアニカを見て、矢も盾もたまらなくなったんだな」

「曾孫(ひまご)が欲しくて？」

「それだけじゃない。昔犯した過ちを正したくなったんだそうだ」

ティルダが興味をそそられた顔でケイレブを見た。「どんな過ち？」

「前にも話したが、アニカはぼくの母にそっくりなんだ。母は一人っ子だった。自分が甘やかしすぎてだめにしてしまったと祖母は言うんだ。したいようにさせた結果、勝手気ままな人間に育った。なんとか高校は出たものの、たちの悪い男とばかりつき合った。やがて父が亡くなって遺産が入ると姿を消した」

ティルダが表情を曇らせた。「それで……？」

「男のヨットが嵐に巻き込まれて遭難し、男も母も溺れ死んだ。マディはまだ生後八カ月だった。ぼくは五つでマーカスは三つ」

「そんな」ティルダは言った。「お母さんが恋しかったでしょう」

「そうでもなかったな」

ティルダは驚いた顔になった。「え？」

「当時すでにマーカスとぼくは祖母に預けられていたんだ。ぼくは三歳のときから。スザンナはすぐ子どもに飽きるんだ。それでいて、まともに避妊もできない。とりあえず産んで母親に預けて育ててもらう、その繰り返し。遠からずマディも預けるつもりだったんだろう。その前に死んでしまったわけだけど」

「ヨットの持ち主はあなたのお父さんだったの？」

「いや。ぼくたちはみんな父親が違うんだが、それぞれがどこの誰なのかは今もってわからない。ヨットの男がマディの父親かどうかもわからない。祖母から聞いたんだが、きっと違うのではとスザンナの家政婦は言っていたそうだ。つき合いだしたばかりだったらしいから」

「いずれにしても悲しい話だわ。三人とも、気の毒すぎる」

「今度は失敗すまいと祖母は意気込んだ。孫を育てるにあたっては、娘のときと正反対の方針を採用した。そうしたら、なんと――三人が三人とも、勤勉で努力家、完全なる仕事人間になってしまった。また失敗だ、修復しないとならない、というわけで、今こうなっている。祖母に悪気はないんだ。ぼくたちのことを思ってくれている。それは本当にありがたい。ただ、自分の判断こそベストという思い込みが激しすぎる」

「お母さんのこと、もっと早く話してくれたらよかったのに」ティルダが言った。「大事なことなのに、わたし、全然知らなかった。九年前のわたしたちって、どんな話をしていたんだった？」

「そもそも話なんてしなかったんじゃないかな」

ティルダは小さく笑った。「かもね」

「父親になるといろいろ変わるものだな」ケイレブは言った。「過ぎたこと、これからのことを、つい考えてしまう。そう言えば、きみのお母さんは？ ぼくもきみのお母さんのことを何も知らないんだった。今頃気がついたよ」

「わたしが十六歳のとき亡くなった。脳出血を起こして、その手術中に」

「そうだったのか。ごめん、全然知らなかった」

「いいの。わたしだってあの頃は話すつもりはなかったし。母の死がまだ生々しすぎて、考えまいとしてたのよ」

「ほかの家族は？」

「いないわ。両親ともに一人っ子で、わたしもやっとできた一人っ子。自分が妊娠してるとわかったとき、皮肉だなと思ったものよ。母は長年かかってようやく子を授かったのに、わたしはたった一度のうっかりで、そうなった」ティルダはまっすぐ前を向いたままだった。「青天の霹靂（へきれき）だったけど、でも、お腹の中にわが子がいるとわかった瞬間から、もう会いたくて会いたくて。無事に生まれてきてくれたときには、それは嬉（うれ）しかったわ」

「でも、ぼくに知らせようとは思わなかった」

ティルダは両手を握り合わせて揉（も）み絞るようにした。「ケイレブ、また同じ話になるけど、最後の夜にわたしになんて言ったか、覚えてるのよね？」

　ケイレブは顔を歪めた。「ああ。覚えている。しかし、今のぼくはもう、あのときのぼくじゃない」

「あなたはこう言った。ぼくはきみを愛していない、今後も愛することはない、なぜなら愛というものはこの世に存在しないから。すべては単なる肉体の反応だ、性ホルモンのなせる業だ、子孫を残すための生物学的衝動だ、って」

「心の底から後悔してるよ。ひどすぎる言いようだった」

「気にしないで。昔の話だもの。でもね、妊娠がわかったとき、思ったわ。これをあなたに知らせたら、あなたを罠にかけようとしてると思われるに違いないって」

「そんなこと、思うはずがない」

「どうしてわかるの？　あの頃のあなたと今のあなたは違うんでしょう？　わたしが子孫を残すための生物学的衝動に駆られていると言った人は、今はもういないかもしれないけど、あの頃は間違いなくいたのよ」

「もう謝るなときみには言われたが、やっぱり謝らせてほしい」

　ティルダはうつむき、エレインから譲り受けたダイヤモンドとオパールの指輪をいじった。「わかったわ」彼女はぽつりと言った。「あなたからの謝罪を受け入れる。それであなたの気がすむなら。だからもう、これ以上は謝らないで」

ぎこちない沈黙が流れた。ケイレブがふたたびティルダをちらりと見たときには、彼女はあくびを漏らしていた。彼の視線に気づくと恥ずかしそうに笑った。

「ごめんなさい。昨夜はほとんど寝てないの。いろんなことが頭に浮かんじゃって」

「まだ二時間ぐらいはかかりそうだ。少し眠るといい。シートをリクライニングにして。ほら、こうするんだよ」ケイレブがしかるべきボタンを押すと、背もたれがゆるやかに倒れた。

「いびきをかいてたら教えてね」

ティルダはあっという間に眠りに落ちた。これでしばらくはこちらも安らげる。統率する、戦略を立てる、リスクを分析する、といった行為は得意だ。グローバルなアグリテック企業の経営に戸惑うことはない。ケイレブにとってそこは安全地帯だった。

でも、この領域は違う。ティルダ、アニカ。そして、母。母が死んで三十年。母親らしいことなど、いっさいしてくれない母だった。そして父親は、どこの誰なのかもわからない。

両親の代わりに祖父母がいてくれた。彼らには深く感謝している。しかし、それでこの身にある空白が埋まるわけではなかった。かろうじて母親のことは覚えているし顔も知っているものの、父親については何もわからない。写真も記憶も思い出もない。ただ遺伝子を受け継いだだけだ。

アニカにこんな思いはさせたくない。どんな子どもも、こんな思いをしてはいけない。なのに愚かにも、父親であるケイレブを知らずに育つほうがこの子は幸せだと、ティルダに判断させてしまった。

知らなかったとはいえ、自分と同じ心の傷を娘に負わせるところだった。かつてはじゅうぶんな愛情を与えてくれなかった母が腹立たしかったが、今は自分自身に腹が立つ。なんともいやな感覚だ。

そびえる樅（もみ）の木立を縫うようにして車は走っている。ティルダが目を開けて伸びをしたのは、ちょうど丘をひとつ越え、広大な海が見えてきたときだった。

「まあ」ティルダは感嘆の声をあげた。「なんてきれいなの。わたし、どれぐらい寝てた？」

「二時間ぐらいかな。もうすぐ着く」

「そんなに寝ちゃったなんて信じられない。ごめんなさい、あなた一人に運転させて。しかもBGMはわたしのいびき」

「いびきなんてかいてなかったよ」嘘も方便だった。「出口はこのあたりのはずなんだが」

そのとき、標識が見えてきた。ハイウェイから枝分かれした道路のひとつが、海岸方面へ延びている。カラザーズ・ブラフ・ロードだ。

ケイレブはそちらへ折れた。「あと十キロ足らずだ」

林を抜けると尾根に出た。道の両側は起伏に富んだ岩がちな地形で、背の高い草の緑が目に鮮やかだ。太陽は地平線に迫り、灰色とくすんだピンクの混じった雲が、金の輝きに縁取られている。急な傾斜の丘が連なり、見下ろせば広大な砂浜がかなたまで続いていた。寄せる波が砕けて引いたあとには濡れた砂の長い帯ができ、柔らかな夕陽を受けてきらめいている。

十字路にさしかかるたびケイレブはスピードをゆるめ、一二〇〇番地を示す標識を見つけると横道へ折れた。大きな岩や風にねじれたような木々を横目に、さらに数キロ。やがて、ところどころに大樹の植わった広い草地と、板葺きの灰色の建物が見えてきた。海に面した二階のバルコニーには見晴らし台がついている。

壮大な風景に息をのむしかなかった。海に迫る緑の山裾は果てが見えない。

ケイレブは車をとめた。降り立った二人はどちらも呆気にとられていた。

「すごいわね」囁くようにティルダが言った。

「管理人から情報満載のメールをもらったよ。近隣の飲食店、ハイキングコース、スーパーマーケット。今夜は食事をつくりおいておくから、無理に外食する必要はないとあった。さっそく探検に取りかかろう」

二人は中へ入った。これを見てだの、あれがすごいだのと互いに声をかけ合いながら、部屋から部屋へと歩きまわった。一階全体が広い一部屋で、高い天井に梁がそのまま見える造りだった。壁一面を占める窓からベランダへ出られるようになっている。家具は素朴なアンティーク調で、ファブリック類は天然素材のアースカラー。マットは海草で編まれ、クッションは〈ペンドルトン〉のウール製だ。部屋は夕陽の輝きに包まれている。ベランダにジェットバスがあるのを見つけてカバーの下を覗いてみると、気持ちのよさそうな気泡が噴きだしていた。ベランダ用家具の数々のほか、風のあたらない裏のパティオにはバーベキュー・セットが設えられていた。

キッチンは最新式だった。大型アイランドのカウンタートップは御影石で、巨大な冷蔵庫はチェリーウッドのキャビネットの中に収納されている。ダブルシンクにオーブンふたつ、コンロも二箇所、そして……冷蔵庫がもうひとつあった。こちらは飲みもの専用らしい。ワイン、シャンパン、プロセッコ、炭酸水、割り材などがぎっしりだった。

管理人からの置き手紙をティルダが読んだ。「美味しそうなものをいろいろ用意してくれてるみたいよ。ブレイカーズ・ベイにある〈マーメイド・パーチ・カフェ〉のロブスター・ビスクとパンに、牡蠣のパン粉焼き。これはフライパンで焼くだけですって。それとサラダ、付け合わせ、デザートまで。赤ワイン、白ワイン、シャンパンも。ねえ、本当にここの存在を知らなかったの？」

「ああ、まったく」

「不思議なんだけど」ティルダが首を傾げた。「こんなふうに結婚はビジネスだと割り切れるのなら、おばあさまに紹介されたお相手の一人と一緒になればよかったんじゃないの？　どうしてそうしなかったの？」

ケイレブは意表を突かれた顔になった。「そんな考えは頭をよぎりもしなかった」

「どうして？」

〝彼女たちはきみじゃなかったから〟

口にはできない真実の代わりになる答えをケイレブは探した。「脅迫じみた命令になったのは最近だからね。ぼくがアニカの存在を知ったのも。きみが思っているほど、ぼくは冷血漢でもビジネスライクでもないのかもしれないよ」

ティルダの顔が赤らんだ。横を向いてつぶやく。「そう」

「荷物を取ってくる。次は二階の探索だ」

ケイレブがスーツケースを持って戻ってくると、ティルダは暖炉の前にかがみ込んでいた。「火をつければいいだけにしてくれてるみたい」

「いいね。食事がすんだら火を入れよう」

ティルダもあとについて二階へ上がってきた。荷物はひとまず廊下に置いて、すべての部屋のドアを開けてみる。いちばん手前は天窓のあるこぢんまりした部屋で、壁のくぼみにシングルベッドが造りつけられていた。そのくぼみ部分にも窓がある。

「アニカの部屋にできるな」

ティルダが控えめに微笑んだ。「きっと気に入るわ」

どの部屋にもすばらしい眺めと快適なバスルームが備わっていて申し分なかったが、広さで言えばマスター・ベッドルームがいちばんだった。フレンチドアは見晴らし台に続いている。そしてベッドには、とろける肌触りのリネンと雲の柔らかさの羽毛布団、真っ白でふわふわの枕の山。

「きみの荷物はここに入れよう」

「とんでもない。ここはあなたの家よ、ケイレブ。マスター・ベッドルームはあなたが使って」

「きみが使うんだ」

「ケイレブ――」

「これぐらいは格好つけさせてくれ。大きな喧嘩(けんか)はもっと重大なことのために取っておこう」

ケイレブは彼女のスーツケースを取りに行った。戻るとティルダが胸の前で腕組みをしていた。「わたしたち、大きな喧嘩をする予定なの？」

答えの選択肢をすばやく秤(はかり)にかけて、ケイレブは本当のことを言った。「うん」

「なぜ？」

ドレッサーの鏡まわりのライトをつけた。「きみが強くて誇り高い人だからだ。そしてぼくに腹を立てているから」

「そう思っていながら、よくここまでことを進めてきたわね。驚きだわ」

「だからきっと一筋縄ではいかない。そのうち問題が起きるだろうな」ケイレブは敢(あ)えて軽い口調で言った。「まあ、気楽にやろうじゃないか。ちょっと休んだら、散歩にでも行かないか」

「いいわね。それじゃ、またあとで」

ケイレブは自身のスーツケースを別の部屋へ運び込んだ。ベッドにどさりと腰を落として、激しい鼓動と背中の汗をなんとか意志の力で抑え込もうとする。気楽にやろうなどと彼女には言っておきながら、このざまだ。

いや、しかし。おまえはモス家の一員だ。生まれたときから訓練を積み重ねてきたんじゃないか。

どんな難題だって処理できるに決まっている。

6

一人になるなり、ティルダはベッドに腰を下ろしてアニカに電話をかけた。

回線が繋がり、アニカの顔が大映しになった。目のまわりに炎のペイントをして、手には特大のアイスクリーム・コーンを持っている。

「ママ！　バナナチョコレートファッジだよ！」

「美味しそう。そこはどこなの？」

「フリーモントのストリートフェアに来てるの。ロニーとマディと三人で！　フェイスペイントしてもらっちゃった！」

「そうみたいね。かっこいいじゃない。写真を撮って送ってよ」

「わかった！」

アニカの隣にマディの顔が現れた。「ティルダ！　コテージに着いた？」

「ええ。すばらしいところだったわ。あなたのコテージも素敵でしょうね。きっと気に入るわよ」

「万一、それがわたしのものになる日が来ればね」マディは笑った。「来るとは思えないけど。それより、ロニーもわたしも最高の姪っ子に夢中なの」マディがアニカにキスをして、アニカがくすぐったそうな笑い声をたてた。

「ありがとう。とても楽しい時間を過ごさせてもらってるのね」

「逆、逆。こっちが楽しませてもらってるの」

「そのとおり！」ロニーの笑顔が半分、アニカを挟んでマディと反対側に現れた。「次は映画を観に行くの」

「『タイタンの恐怖』だよ！」アニカが声を張り上げる。

「いいわね。いい子にしててね、アニカ。また明日電話するわ」

「はあい！　じゃあね、ママ！」アニカの笑顔が画面で固まり、そして消えた。

ティルダはふと寂しさを覚えた。ばかげていると自分でも思う。アニカは新しい親族と楽しく過ごしている。何も心配はいらない。それなのに、途方に暮れているかのような、この感覚はどうしたことだろう。

一人親の毎日は時間に追われっぱなしでハードだが、プラス面のひとつは、自分自身のことでくよくよ悩んでいる暇がないことだった。四六時中、子どものことを考え、目を配っていなければならないのだから。

それがいきなり、こうなった。海辺の豪華なコテージにセクシーな男性と二人きり。靴紐を結んだり髪を編んだり、サンドイッチをつくったりしてあげなければいけない相手はここにはいない。

しかも、彼と自分は結婚しているのだ。それを思うと頭がくらくらする。

いけない、いけない。ティーンエイジャーじゃあるまいし、何をぐずぐず悩んでいるのか。わたしはれっきとしたプロフェッショナルで、これはビジネス上必要な研修旅行だ。ケイレブが言っていたように。

大人にならなくては。本当の大人に。

階下へ下りていくと、ケイレブはテラスにいた。手すりにもたれた後ろ姿は、はっとするほど素敵だった。後ろ姿にかぎらず、どこから見ても彼は素敵だ。昔、ティルダは彼の長い髪が好きだった。けれど今の短髪もいい。シャープな顎やきれいな耳の形、頬骨の高さがより際立っている。

広い肩と長い脚を後ろから存分に眺めた。あの筋肉のたくましさ、しなやかさをわたしは知っている、と思いながら。スウェットシャツに隠れているあれやこれやをわたしは覚えている。胸毛の生え方も肌の手触りも、記憶に刻み込まれている。

ティルダは彼と並んで手すりにもたれた。海から吹く風が髪をふわりと持ち上げ、火照った頬を冷やしてくれる。

ケイレブがこちらを見た。「片付いた?」

「ええ。本当に素敵な部屋。見晴らし台が最高よ」

「管理人のメールにあったけど、あのブランコのちょっと先に遊歩道が通っていて、ハイキングコースと繋がっているそうだ。カラザーズ・ブラフの突端まで出て、そこから左へ行けばブレイカーズ・ベイ、右へ行けばカラザーズ・コーヴへ下りられる。ハイキングは好きかい?」

「大好きよ。いつだって大歓迎。ハイキングはいちばんリラックスできるわ」

ケイレブが嬉しそうな顔になった。「ぼくもだ。しかし、いかにきみのことを知らなかったか、自分でも驚くよ」

ティルダはしゃべりかけて、すぐ口をつぐんだ。九年前はハイキングなんて考えもしなかったと、敢えて言う必要はない。あの頃ティルダが探索したかったのは、彼のたくましい肉体、ただそれだけだった。二人とも、体力はベッドで使い果たしていた。

「明日、ブレイカーズ・ベイかカラザーズ・コーヴまで行ってみよう。ビーチを散歩して街を探索してランチをとって、また歩いて戻ってくるんだ。相当な距離になるぞ。覚悟はいいか？」

「何が来ようとも」

ケイレブが微笑んだ。「そうか。じゃあ、ディナーは？」

「喜んで」

支度に長くはかからなかった。ケイレブが牡蠣をソテーしロブスター・ビスクを温めるあいだに、ティルダがテーブルセッティングをして、冷蔵庫から出したサイドディッシュを並べた。

「白ワインにする？　ソーヴィニヨン・ブランがあるわ」

「いいね。やっぱり魚介には白だな」

食卓は壮観だった。メインのほか、アーティチョークのフリッター、シュリンプサラダ、燻製メカジキ、パプリカのロースト、葉野菜とベーコンのソテーが並んでいる。

「十人前ぐらいありそう」

「文句は祖母に言ってくれ。あと、レモンを少し切ってもらえるかな」

「文句なんてあるわけない。シーフードは大好物だもの」

ケイレブが大皿を運んできた。パン粉をまぶされた牡蠣がこんがりきつね色に焼き上がっている。ティルダはロブスター・ビスクをふたつのボウルに注ぎ分け、冷えた白ワインの栓を抜いた。

「絶妙な焼き加減だわ。ＣＥＯはいつどこで料理を覚えたの？」

　ワインに口をつけてケイレブが言った。「祖母が過去の過ちを正すのに一生懸命だった話はしただろう？　ぼくの母親には生活能力というものがまるでなかったんだ。コーヒーひとついれられなかった。だから祖母は、孫たちには実用的なスキルを徹底して身につけさせた。洗濯、アイロン、薪に火をつける方法、タイヤ交換、オイル交換、そしてもちろん、料理」

　ティルダは笑い、アーティチョークを口に放り込んだ。「たいしたものだわ。ガラガラヘビの皮も剥げる？」

「いや。だが、祖母の前でそんなこと言わないでくれよ。あの人のことだ、きっとやらせようとする」

「ほかにどんな料理ができるの？」

　ケイレブはパンの大きな一切れにパプリカのローストを山盛りにしている。「ひととおりできる。正式に習ったんだ。教室に通ったりワークショップに参加したり」

「偉いわ。わたしは自己流の行き当たりばったり。出来映えについては幸運を祈るだけ。昔から今に至るまで、ずっとそんな感じよ」

「オーソドックスなソース各種、スープ、サラダ、メインディッシュ。ロースト、グリル、温かい料理、冷たい料理。フレンチ、イタリアン、中華。ありとあらゆる勉強をした。マディはメキシカンやタイ料理がうまい。唐辛子と香菜を使うもの全般だな。マーカスはバーベキュー。ぼくは料理のスタイルや国籍にはこだわらない。ちなみにぼくがつくるハマグリのリングイネは絶品だよ。そしてここは新鮮なハマグリの宝庫だ。ハマグリは好きかい？」

「ひょっとして、わたしと初めて会ったときから料理ができる人だったの？　全然知らなかったわ」ティルダはカジキを一口食べて満足の吐息をついた。「ほんとに美味しい」

けれどケイレブは呆然とした顔をしていた。「待ってくれ。つき合っているあいだ、ぼくはきみのために一度も料理しなかったということか？」

「ええ、一度も。いつも外へ食べに行くか、デリバリーを頼むかだったじゃない」

ケイレブは呆れたように首を振った。「ぼくの人生において、あの期間はよほど特殊だったみたいだな」戸惑いの口調で言う。「ここにいるあいだはできるだけ一緒に料理をしよう」

ティルダは笑った。「どうして？　研修旅行でよくやる、あれ？　信頼を深めるためのワークショップ」

「そういうわけじゃないが、楽しそうじゃないか。ほら、このエビ、食べてごらん。とびきり新鮮だ」

ティルダは考えた。かつて自分は濃密な時間をケイレブと分かち合った。狂おしいほど彼のことが好きだった。あれほど強く激しく誰かを想ったことは、後にも先にもなかった。でも、彼と過ごした時間が〝楽しかった〟とはとても言えない。

楽しいと言ってしまうにはあまりに重すぎた。緊張をはらみすぎていた。当時の感覚は鮮明に覚えている。常にアドレナリンが全開、綱渡りをしているようだった。いつか終わる夢を見ているのではないかと、心のどこかで疑っていた。

そして案の定、夢は終わった。あの日、ティルダは綱渡りの綱から落ちた。想像を超える深い深い奈落に落ちた。少なくとも、母を亡くしたとき以外、あそこまで落ちたことはなかった。

やがて妊娠が判明して、放心状態から目が覚めた。子どものために、立ち直らないわけにいかなかった。

楽しくはなかった。少しも、楽しくなどなかった。

「どうした?」ケイレブが言った。「その顔は、どういう顔?」

ティルダはどうにか笑みをつくった。「ごめんなさい。ただ、あなたと、楽しいという言葉が……結びつかなくて」

ケイレブが困惑の表情を浮かべた。「あの頃のぼくは身勝手なろくでなしだった」

「何が変わったの？」

彼が顔をこわばらせるのを見て、ティルダは困ったような笑い声をたてた。「ごめんなさい、言い方を間違えたわ。今も身勝手なろくでなしだという意味じゃないのよ。純粋な質問。あなたが変わったんだとしたら、なぜなの？」

「わからない。時間がたったからかな。明らかなきっかけがあったわけじゃない。とにかくひたすら仕事に打ち込むしかなかった。スタートアップが挫折して、モステックに入って」

「スタートアップのことは聞いたわ」

「大失敗を挽回する必要があったんだ。自分の力をもう一度、確かめる必要が。だから必死に働いた。最後にきみと会った日からずっと、息もつかずに突っ走ってきた。きみは？あれからきみは、変わった？」

「変わってるはずだけど、それについて考えてる時間も気持ちのゆとりもなかったわね」

ケイレブはティルダの皿に牡蠣をふたつほど取り分け、レモンを添えた。「親の会社を救うために帰国するなんて、なかなかできることじゃない」

牡蠣にレモンを搾りながらティルダは考えた。「そもそも、あなたたちが父の会社を狙わずにいてくれればよかったわけだけど」

「確かに。だがジェロームを敵にまわして闘うのは得策じゃない。だから祖母はこの前の役員会で彼と手を組んだ。二人とも会社の方向性を決定づけるに足る株式を所有しているんだ。ぼくにはどうすることもできなかった」

ティルダは抗議の意味を込めて咳払いをした。「その役員会が開かれたのは、おばあさまがエヴァのパーティーでアニカを見かけたあとよね？」

ケイレブはためらいながら答えた。「うん。たぶん、祖母にとっては曾孫と交流できるようにするのが第一で、ぼくたちを結婚させることはあとから思いついたんだろう。思いついたら実行する。その結果、ぼくたちが今ここにいる」

ティルダは牡蠣を口に運んだ。黄金色をしたパン粉の部分は香ばしく、さくりと噛めばとびきりジューシーで、磯の香りが口中に広がる。

「そうそう、アニカに電話したのよ。マディとロニーと、三人でストリートフェアへ出かけたみたい。フェイスペイントしてもらって、自分の頭より大きなアイスクリームを食べてたわ。次は映画ですって。宇宙でスーパーヒーローが戦うの」

「さすがマディは期待を裏切らないな。みんな楽しそうでよかった」

「アニカは大家族にすごく憧れてたわ。おばあさまは魔法の杖を一振りしただけでそれを叶えてくれた」ティルダは言った。「アニカがあれほど望んでいたものを与えてくれたんだから、許したいのは山々だけど。でもね、強引にわたしたちを結婚させることはなかったと思う。頼まれれば、考えたのに」

「本当に？　祖母と腹を割って話し合って、向こうの希望どおりにした？　ぼくと昔、あんなことがあっても？」

「どうかしら……わからない。今さら仮定の話をしてもしかたないし。だけどね、もしもおばあさまがアニカをつらい目に遭わせたりしたら、そのときはわたし、闘うわよ」

「たくましいママを持って、アニカは幸せだ」

ワインをすすりながらティルダはじっとケイレブを見た。「本当にあなた、変わったわね」

「そうであってほしいよ。少しも成長しないなんて悲しいじゃないか」

牡蠣も平らげて、二人ともお腹がいっぱいになった。残ったものをティルダが冷蔵庫にしまうあいだに、ケイレブが見事な手際で食器を食洗機に入れていく。洗剤を投入してスイッチを押すと、彼はにやりと笑ってこう言った。「本当だったただろう？　家事はできるんだ」

「すごいわね」ティルダは笑った。「料理をして片付けをして、巨大企業の経営もする。これでガラガラヘビの皮が剥げれば言うことなしなんだけど。高望みはしちゃいけないわよね」

ケイレブがにやにやしながら冷蔵庫から紙箱をふたつ取りだした。「こいつを忘れてた」

「大変。重大な見落としじゃない」片方の箱をティルダが開けた。「レモンチーズケーキ、クラストはバタークッキーよ」もうひとつも開ける。「キャラメル・チョコレート。ああ静まれ、わたしの心臓」

アイランドカウンターに身を乗り出したケイレブの前で、ティルダは両方のデザートを取り分けた。片方の皿を彼のほうへ押しだす。「はい、どうぞ」

「きみがお先に」ケイレブはそう言った。

彼の視線が気になりつつも、ティルダはチョコレートをひとつ口に入れ……そして身を震わせた。罪深いまでに濃厚なカカオの風味が口いっぱいに広がったかと思うと、ねっとりとしたキャラメルがその後を追う。トッピングの海塩の歯ごたえが絶妙なアクセントになっている。

「美味しいかい？」うっとりしたようなまなざしでケイレブが訊く。

「衝撃的」

「こっちも食べてごらん」

「次はあなたの番よ」

ケイレブがにやりと笑った。「きみから目が離せないんだ」

7

しまった。ただ彼女が美味(おい)しそうに食べるのを見ていたい、そういう意味だったのだ。それがひどく意味深長な台詞(せりふ)だったと気づいたのは、口にしてしまってからだった。彼女を誘惑したい気持ちが潜在意識のどこかにあるのだろうか？　戸惑いを抑え込むようにしながらデザートを食べ終え、こうして暖炉の前へ移動した今も、ケイレブは落ち着かない気分だった。

　昔、マーカスと二人、競い合うかのように危険なスポーツに熱中していた時期があった。ハンググライダー、フリースタイルスキー、スカイダイビング、ダートバイク。危険であればあるほど面白かった。仕事上のリスクにもケイレブは怯(ひる)まなかった。すべてを賭して〈バイオスパーク〉を起(た)ち上げた。ビジネスパートナーであり親友でもあったジャック・ダリーがライバル社に企業秘密を売ったりしなければ、バイオスパークは大成功すること間違いなしだったのだ。

あの出来事はできるだけ思い出さないようにしているものの、リスクに立ち向かう方法は熟知している。

ところが、これはまったく勝手が違った。手のひらが汗ばみ、胃が締めつけられる。絵に描いたようなストレス反応だ。暖炉の前で美女とブランデーグラスを傾けている状況で、いったいなぜ。これがきわどい局面であることを本能が察知しているのか。

ブランデー片手に肘掛け椅子でくつろぐティルダは、明るいグリーンの瞳を鋭く光らせてケイレブを見ている。まるで、解決すべき問題が目の前にあるとでもいうように。

無理もないとケイレブは思った。問題のある男だという自覚はある。別れたガールフレンドたちに訊いても口を揃えるだろう。

女性の期待にある程度までは添えるのだ。相手を気遣うことも、ベッドでよろこばせることもできる。それなのにいつも結局は失望させ、関係は終わる。いったいどれだけの女性を怒らせ、傷つけ、困惑させてきたことか。

ティルダもその中の一人だった。

火を熾すという、やるべき作業があってよかった。今の自分はティルダを見られない。目が合うとそれだけで感電してしまいそうな気がするのだ。そのためケイレブは、焚きつけ材を扱う手をことさらゆっくりと動かしていた。

「ねえケイレブ、立ち入った質問をしてもかまわない？　わたしなんかが訊いていいのかどうかわからないけど」ティルダが言った。

「結婚したんだ、だめなわけがない」

「九年前、おばあさまにモステックに入ってほしいと言われて、あなた、断ったわよね。おばあさまに支配されるのはいやだと」

「そうだったね」

「あなたがモステックで働いてると聞いて驚いたわ。あれほど嫌っていたのに、今やそこの最高権力者」

ケイレブは何も言わなかった。

あまりに長い沈黙に、ティルダが居心地悪そうに身じろぎをした。「詮索するつもりはないのよ。ただ、どうしてかなと思って。いいとか悪いとかじゃなく」

「話せば長い」

「時間はたっぷりあるわ。バイオスパークはなぜ潰れたの？　あんなに順調だったのに。一緒にやっていた人、ほら、ええと、ジャック……？」

「ジャック・ダリー」

「そうそう。あなたたち二人はシリコンバレーの寵児（ちょうじ）だったわ。ワイアード誌の表紙を飾ったかと思えば、ローリングストーン誌で紹介されて。頭脳明晰なセクシー・コンビとして大人気だった。バイオスパークほど注目を集めたスタートアップはほかになかったわ。あれからいったい、何があったの？」

何年たっても、思い出すたびケイレブは怒りに震える。

「ジャック・ダリーが、やらかしてくれたんだ」

その口調からティルダは何かを察したようだった。「話したくなければ――」

「ジャックが企業秘密をライバル会社に売った。こっちが株式公開する数日前に、その会社がうちのとそっくりな製品を発表した。スキャンダルが勃発したが、向こうは数十億を儲けた、バイオスパークは完全に終わった」

「ジャックはどうなったの？」おそるおそるといった口ぶりでティルダは訊いた。

「刑務所行きになったが、長くはいなかった。細かい規定を根拠に弁護士が早期釈放を請求して認められたらしい。幸い、不正行為の嫌疑はぼくにはかからなかった。ジャックが今どこでどうしているかは知らない。知りたいとも思わない。ぼくに近づかないでいてくれればそれでいいんだ」

ぎこちない沈黙が流れた。「大変だったのね」ティルダが口を開いた。「それが……モステックに入ることにした理由？」

ケイレブは考え込んだ。「自分でもよくわからない。しばらくは本当にどん底にいたんだ。ジャックはラッキーだった。刑務所の中にいられてはぼくも手出しはできないから」

「今は外にいるでしょう?」

「もう、あいつを追いかけまわす気はないよ。ほかにやるべきことがたくさんある。それに、あいつはもう身動きが取れない。仮に同じ商売ができたとしても、それは裏社会でだけだ。ぼくらの道が交わることはもうないはずだよ」

「そう願いたいわ。いずれにしても、モステック入社にあたって家族の意向は大きかったんでしょう?」

「マディとマーカスの説得に負けたかな。ちょうど統括部長がリタイアしたところで、祖母はぼくをその後任にした。忙しくしていれば気が紛れた。そのうち、モステックをもっと大きくしようと本気で思いはじめた。それで、マーカスと一緒に祖母に直訴したんだ。退いてほしいと。ぼくがCEO、マーカスがCTOとして、二人で会社を率いていく。それが叶わないなら自分たちの会社を興す、と」

「あのおばあさまがよく引退をのんだわね。それに値する将来性をあなたたちの中に見たわけね」

「さんざん罵られたさ。身勝手で恩知らずな若造が、って。しかし、祖母にとって何より大切な会社を守りつづけるには、それが唯一の現実的手段ではあった。ちなみにジェロームは怒り狂った」

「マディは最高財務責任者（CFO）？」

「今年度中にはそうなる。ベンソンがリタイアしたら。実質的にはもう、なっているようなものだけど」

「ロニーは？」

「彼女は研究開発部門にいたんだが、あるときプロデューサーをやってる友だちに声をかけられて、子ども向け教材ビデオの台本書きとナレーションを手がけた。これはいけると見込まれて、あれよあれよという間にテレビ界へ進出。今やすっかり有名人だ」

「とてつもないがんばり屋さんね、四人とも」

「きみだって、人のことは言えないだろう。でも、がんばるしかなかったんだな、きみもぼくも。そういう運命だったんだ。で、今になって祖母がダメージを修復しようとしている」

ティルダが笑ってグラスを掲げた。「ダメージを受けながらもがんばってきたわたしたちに乾杯しましょう。せめてそれぐらいは、自分たちにしてあげてもいいんじゃない？」

「そのとおりだ」二人はグラスを合わせながらも、互いの目を見ることはしなかった。

ケイレブは横を向いた。感情があふれかけている。危険な兆候だ。

「ジャックがそういうことをしたのは、いつだったの？」ティルダが訊いた。「答えたくなければ、いいんだけど」

「いや、大丈夫だ。きみとつき合っていたときだよ。終わりに近い頃」

ティルダが黙り込んだ。ケイレブがそっと見やると、彼女は呆気にとられたような顔をしていた。

「嘘でしょう、ケイレブ？」囁くような声で言う。

「そこまで衝撃的な告白をしたつもりはないが」

「そんなに大変なことが起きていながら、一言も言ってくれなかったなんて」

「ぼくたち二人のことじゃなかったから。それに、法律上の理由もあったんだ。他言しないようにと弁護士から――」

「そんなの関係ない。ビジネスパートナーに裏切られながら、恋人には黙っていたのよね？」

「屈辱的だったんだ」ケイレブは正直に言った。「ジャックとは高校のときからの友だちだった。一緒にスタンフォードへ進んで、一緒にバイオスパークを起ち上げた。一緒に世界を征服するはずだった。なのに欺かれた。そんなこと、誰にも知られたくなかった。中でも、きみには」

「いつ、わかったの？」

「証拠を握ったのはいつだったかという意味か？　はっきりするまでの何週間か、おかしいと感じることはあったんだが、まさかという思いのほうが強かった」

「でも、はっきりしたのよね？　それはいつだったの？」ティルダは食い下がった。

「きみがぼくの前からいなくなった日だ」ケイレブはしぶしぶ答えた。

ティルダが眉をひそめて身を乗り出した。「いなくなった……？」

「つまり、別れた日だよ」はっきりと言った。「ぼくたちが最後に会った日の昼間」

「ちょっと整理させて。つまり、こういうこと？　わたしがあなたに愛を告げた夜……あれは、ジャックの裏切りが発覚した直後だった？」

ケイレブはうなずいた。「タイミング的には……理想的とは言いがたかったかもしれない」

「そういうわけだったのね。最後の二週間ほど、あなた、様子がなんだかおかしかったでしょう。てっきりわたしのせいだと思ってた。わたしに飽きたのかもって」

しばらく二人とも黙って薪（まき）の爆（は）ぜる音を聞いていた。

「違う」やがてケイレブは、強い口調で言った。「ありえない。きみは完璧だった」

ティルダが苦い笑いを漏らした。「まさか」

「わかってくれ。決して言い訳しようとしているわけじゃない。ぼくはジャックへの怒りをきみにぶつけてしまった。最低最悪な行いだった。後悔している。これまで生きてきた中で、あれほど悔やまれることはほかにない」

ティルダのほうを向いたケイレブは、彼女の目が潤んでいるのを見て慌てた。「すまなかった」おろおろと言う。「昔のことを蒸し返すべきじゃ――」

「いいえ」きっぱりとティルダが言った。「よかったわ。やっと包み隠さず言ってくれて。九年もたってからなんて遅すぎるけど、でも、正しい方向への第一歩よ」

「しかし……きみは泣いている」ケイレブは途方に暮れた。

「だから？」ティルダは、つんと顎を上げた。「わたしだって泣くことはあるわ。いけない？」

「いや、いいんだ」慎重に答えた。「ぼくのせいでないなら」

ティルダがブランデーのグラスを置いた。「そんなの保証できないわ。あなたのせいで泣くことだってあるかもしれない。感情は予測できないもの。抑えないでいれば、いつどんな形で現れるかわからない」

「カオスだな」

「そうよ。それがいやなら、感情を抑え込むしかない。どんなことが起きても敢えて何も感じないようにするしか。どちらかを選ばないといけないの。わたしは抑え込まないと決めたわ。あなたも決めて。ただ、わたしとしては、アニカには本気で向き合ってほしい。そういう父親があの子には必要だと思うから。でも、人の心に寄り添うのってすごく勇気がいることよ」

ケイレブは何と応じればいいのかわからなかった。

「ごめんなさい。いろいろあった長い一日だったから、くだらない話をしちゃったみたい。そろそろカオスはベッドへ持っていくとするわね。おやすみなさい」

背筋をしゃんと伸ばしてティルダは部屋を出ていった。背中で髪を弾ませ、トントンと軽い音をたてて足早に階段を上がっていく。

彼女が座っていた椅子をケイレブは見つめた。急に何かを奪われたかのようなこの感覚は、どういうことなのか。

まだ、ティルダとたった一日しか過ごしていないのだ。共にワインを飲みデザートを食べ、暖炉のそばで話をした。それだけなのにリスクは増大している。危険度の目盛りが刻々と上昇するのがはっきりわかる。

そのうち成層圏にまで達しそうだ。

8

感情をあらわにした昨夜の自分を省みながら、ティルダは身の縮むような思いで階下へ下りた。初めて知らされた真相にショックを受け、つい本音をぶつけてしまったのだ。過去に彼とあんなことがありながら、性懲りもなく。

けれどコンロの前で振り返ったケイレブは、すっきりした顔をしていた。

「バターミルクパンケーキを焼いてるんだ。呼びに行こうとしていたところだよ。ブルーベリーソース、かけるかい？　それともプレーン？」

「ソースありでお願いします。またまた、ただならぬ腕前を見せつけてくれようとしてるわね」

「ぼくの腕前を知りたければシャンテリークリーム・クレープを食べるべきだな。ポットにコーヒーが入ってる。クリームはカウンター、シロップはテーブルの上。長距離を歩くんだから、たっぷり燃料補給をしないと。どうする？　ブレイカーズ・ベイとカラザーズ・コーヴ、どっちへ行こうか。ブレイカーズ・ベイまでは片道およそ五キロ、カラザーズ・コーヴだとそれより三キロ遠くなる」

「どっちも惹かれるけど、砂浜に点在する巨大な岩を見てみたいわ。カラザーズ・コーヴに一票」

「よし、そうしよう。管理人によれば、カラザーズ・コーヴのボードウォークに美味い店があるらしい。イカのフライが有名みたいだ」

ティルダは笑った。「こんなにご馳走責めが続くなら、新しい服を買わないといけなくなりそう」

「買いものができる店も揃っていると管理人のメールにあった。きっと素敵な服が買えるさ」

ティルダはまた笑い、皿を受け取った。ふんわりした金茶色のパンケーキが積み重なった上に、熱々のブルーベリーソースがとろりとかかっている。匂いからして、いかにも美味しそうだ。

「ソーセージはそっちの大皿から取って」鉄板に新たな生地を流し込みながらケイレブが言った。

「なんて豪勢なのかしら。わたし、朝はたいていヨーグルトとグラノーラだけよ」

「せいぜいぼくの料理を楽しんでくれ。信頼構築の一環としてね」

ティルダはパンケーキにシロップをかけ、バターを足して、一口頬張った。思わずため息が漏れる。「すごく美味しい。もう驚かないけど」

「それはよかった」ケイレブが自分の皿を持って向かいに腰を下ろした。「アニカはパンケーキは好きかな？　それともワッフル派？」

「どっちも大好物だけど、ワッフルは彼女の中で特別な地位にあるみたいよ」

「うちにワッフルメーカーがあるんだ。いくらでも焼いてあげよう」

ティルダはフォークを置き、ナプキンで口元をぬぐった。「あの、それなんだけど。わたしたち、まだちゃんと話し合ってなかったわよね、そういうことについて」ためらいつつ言った。

「どこに住むか、ということ？」ケイレブも探るような口調だった。

「ええ」

「きみがお父さんの家に住んでいるのは、病み上がりのお父さんのサポートをするため？　それとも、自分の家がまだ見つからないから？」

「たぶん、両方。久しぶりに父と暮らせてよかったと思ってるわ。ただ、父もゆっくりとはいえ順調に回復してきているし、通いの家政婦さんが毎日来てくれてるの。それに、子どもの頃住んでいた家にずっといると、なんだか自分が退化していくような気がして」

「なるほど。この話を持ちだせば条件反射的に反対されると思って今まで言わなかったんだが、ぼくの家は住み心地がいいんだ。部屋数が多くて、広い芝生の庭からは湖が一望できる。祖母やマディ、きみのお父さんの家からだって遠くない」

ティルダは口を開きかけたが、ケイレブが手を上げて制した。

「いや、答えなくていい。今すぐ決める必要はないんだ。きみとアニカの人生、ボスはきみだ。無理にとは言わないよ」

ティルダはうなずいた。その後、なんとなく重苦しい心持ちのままパンケーキを食べ終えた。

けれど、外へ出ればいっぺんに心は晴れた。陽光が降り注ぎ、空気はかぐわしくすがすがしい。あらゆるものがきらめいて、弾ける光が世界に満ちているかのようだった。ブランコの先の小道をケイレブはすぐに見つけた。岩を縫うようにして進むと、やや広めの遊歩道に合流した。カラザーズ・ブラフの上を通るその道は、前日来るときに通った道と途中で交差していた。

なんとも気持ちのいいハイキングだった。一時間ほどで、道が二手に分かれる分岐点まで来た。カラザーズ・コーヴへ続くほうを下っていく。やがて現れたのは、波打ち際のそここから岩塊が突きでた広大な砂浜だった。海鳥たちがゆるやかに旋回し、かと思うと、岩めがけて急降下する。水際に立つと波の轟(とどろ)きに耳が満たされ、波飛沫(なみしぶき)の塩辛さを唇に感じた。

二人ともパンツの裾をまくり上げ、靴を脱ぎ捨てた。砕ける波から身をかわすようにしながら冷たい水に足を踏み入れる。潮だまりを覗(のぞ)き込むと、澄んだ水の中で虹色に光る海の生きものが岩肌に張りついていて、一緒に感嘆の声をあげた。

「アニカが見たら大喜びするわ」イソギンチャクの透きとおった緑の触手を指に絡みつかせて、ティルダは言った。「将来は科学者になりたいんだけど、何の科学者になるか迷ってるんですって。海洋生物学、ロボット、宇宙。あらゆる世界があの子を手招きしてるみたいよ」

「お姫さまになりたいんだと思ってたけど」

「それもありじゃない？　どれかひとつだけ選ばなきゃいけない決まりはないでしょう。全部叶(かな)えたっていいとわたしは思うわよ」

「同感だね。今度来るときはアニカも一緒だ」

ティルダは先に立って歩きだした。だらしなく頬がゆるんでいるような気がして、彼に顔を見られたくなかった。夢じゃないかと思うぐらい楽しい。でも、かつて夢と現実をはき違えて痛い目に遭っている。

ビーチをあとにした二人は、カラザーズ・コーヴのメインストリートをぶらぶら歩いた。ホテル、シーフードレストラン、アンティークショップ、アイスクリームパーラー、ブティック、アートギャラリー。人気観光地らしい店の数々が並んでいる。

散策を続けるうち、路上の似顔絵描きを見つけた。ケイレブの強い希望で、三十ドル払いティルダの似顔絵を描いてもらうことになった。絵描きはカラーペンをさらさら動かし、大胆な筆使いであっという間に描き上げた。これがわたし——髪を弾ませ、緑の目を見開き、赤い唇をきゅっと結んでいる。特徴が捉えられ、実物より実物らしいとティルダは思った。そうして半ば強引にケイレブの似顔絵も注文した。笑顔のケイレブだ。ちゃんとえくぼも描かれている。

その出来映えにティルダはすっかり満足した。

ケイレブは二枚の似顔絵をくるくる丸めると、絵描きにもらった厚紙の筒に入れてナップザックにしまった。その頃には二人ともお腹がぺこぺこになっていた。

管理人のすすめるレストランはさほど遠くなかった。たっぷり歩いたおかげでどちらも旺盛な食欲を見せた。小エビのグリル、オイスターシチュー、イカフライ、どれも申し分ない美味しさだ。

そして、アニカのことを存分に話してかまわないのだとティルダが思えたのは、そのときが初めてだった。友人相手には——いや、父と話すときでさえ、娘について長々しゃべりすぎないよう自制してきた。けれどケイレブは、少しも退屈そうな様子を見せない。積極的にアニカの情報を引きだそうとする。アニカについてであれば、どれほど些細なことでも彼にとってはつまらない話題ではないらしかった。

九年前もケイレブとの会話は刺激的で心弾むものだった。でもそれは論戦のようでもあり、打ち負かされた気分になることが多かった。倒されまいと必死になりもした。

でも、今は違う。アニカの赤ちゃん時代の話をしている今は、全然違う。よく泣く子だったこと、ヘルニアの手術を受けたこと、初めてよちよち歩いたときのこと、言葉が遅くて心配したこと、なのにあるとき急にしゃべりだしたこと。ティルダはスマートフォンに入っている写真を見せた。マディが送ってくれた、ストリートフェアでフェイスペイントしたアニカの写真。それをケイレブのスマートフォンに転送する。

ティルダにとっては最高に楽しいひとときだった。

レストランを出たあと、アイスクリームを買ってビーチへ戻り、帰途についた。登りは下りより時間がかかるうえ、霧のため思うように進めなかった。カラザーズ・ブラフの上空、低いところに厚い雲が居座っている。霧は濃く、二、三メートル先までしか見通しがきかない。幸い、遊歩道にはきちんと印がつけられており、迷うことはなかったけれど。

気温がぐっと下がり、服も髪も、じっとり湿気を含んで重たくなった。寒くてたまらない。静かすぎて不気味なぐらいだ。見えるのは、数歩先を行くケイレブの背中だけになった。彼は絶えず振り返ってこちらの様子を確かめている。

また振り向いて彼が言った。「この先が、コテージへ戻る小道との分岐点だ」

どうしてわかるのかティルダには不思議だった。「間違いないの？」

「まわりの景色を覚えている。それに、ハイウェイと交差する地点と分岐点との距離もわかってる」

寒さにティルダの歯が鳴った。「よかった。わたしには霧しか見えないもの。先導して、ガイドさん」

「実は……」ケイレブがためらいがちに言う。「提案があるんだ。もうちょっと先まで行ってみないか？　きみに見せたいものがある。見る価値はあると思う」

「この霧の中？　今じゃなきゃだめなの？　また今度にしましょうよ」

「いや、おそらく今しか見えないんだ。この機を逃すと消えてしまう。しかし無理にとは言わない」

ティルダは震えを抑えようと胸の前で腕を組んだ。「わかったわ。ただし、帰ったら暖炉のそばでホットチョコレートを飲ませてね。お酒をちょっと垂らして」

「よし。じゃあ、行こう」

百メートルほど進むとケイレブはルートを逸れ、獣道へ分け入った。大きな岩のあいだを縫うようにして、岩山の斜面をジグザグに登っていく。霧はますます濃く深くなり、伸ばした腕の先もろくに見えない。文字通り手探りで歩を進めるしかなかった。

「本当にこっちなの？」

「もうすぐだ。がんばれ」

前方に目を凝らして、ティルダは必死に彼についていった。突拍子もない提案にのった自分自身に腹が立つ。わたしが求めているのは熱いシャワーと温かい飲みもの、乾いた服と暖炉の火なのに。マッチョなスポーツマンタイプはこれだから困る。何かと強がって力を誇示しようとする。

霧の中からケイレブの姿が現れた。腕をこちらへ伸ばしている。「ほら、着いたよ」

彼の大きな手が手首をつかんで引き上げる。おかげで最後の数歩は楽々だった。一歩、二歩……不意にティルダは、別世界へ出た。

空は晴れ渡っている。風に吹かれてちぎれた雲が、眼下で多彩な色の重なりをつくりだしていた。グレー、ピンク、金、そして目の覚めるような白。ブレイカーズ・ベイは雲を満たした大きなボウルで、視線を巡らせればカラザーズ・コーヴも同様だった。陽光が幾筋か雲海を貫いている。一筋はまっすぐ二人の上に降り注ぎ、別の光は海を薄緑色にきらめかせている。

ティルダとケイレブはピンクの雲の上に浮かんでいた。足元のごく狭い範囲のほか、地面は見えない。見渡すかぎり、空だった。天国とはこういうところだろうか。とてもこの世の光景とは思えない。

知らず知らず涙があふれた。風の向きが変わり、隣の尾根にかかる雲から松の木が頭を覗かせた。切れ切れになった雲間から、さらに下の雲の流れが見える。

ケイレブがにこにこして言った。「来た甲斐はあったかい？」

「ここへ来ればこんなものが見られるって、知ってたの？」

「いや。ただ、ひょっとしたらと思って。昨日、車でこっちへ向かっているとき、雲が晴れはじめた。雲の上にこのあたりが突きだしていて、陽があたっているのが見えたんだ。あの状況でここに立てば絶景に違いないと思った。だから今朝、遊歩道を下りていくとき、ここへ繋がる道の入り口をチェックしておいたんだ。しかしこれは期待をはるかに上回っていたな」

二人は見つめ合った。

「きみが疲れているのはわかっていた。でも、今を逃したら次はなかったんだ」

「そうね」ティルダはそっと言った。「ありがとう。本当にすばらしいわ。神々しいぐらい」

「ビーチにあったような岩がここにもある。座ってじっくり眺めよう」

ティルダは彼の手を取った。岩に腰を下ろした二人は、刻々と形を変える雲に見入った。あまりに壮大な眺めだった。その美しさに胸は高鳴り、心が揺さぶられた。

「震えてるね。無理に連れてきてすまなかった」

「いいえ、来てよかった。この眺めは死ぬまで忘れないわ」

ケイレブがフリースのジャケットを脱いでティルダの肩にかけた。自身の湿ったジャケット越しにもその温かさが伝わってきて、驚きと嬉しさが胸にあふれた。

「だめよ、あなたが風邪を引くわ」それでも、そう言った。「風がこんなに冷たいんだから」

「平気だよ。ジャケットなしでも全然寒くない」

ティルダはぶるりと身を震わせて、目を前方へ戻した。風が吹くたび雲が流れて、眺めは絶えず変化する。海が見え、まばゆい陽光に水面が光る。そしてまた影が差す。

「そろそろ帰らなきゃね」ティルダはしぶしぶ言った。「暗くなるといけないもの」

「そうだな」ケイレブが立ち上がった。「ぼくが前を行くよ。きみに手を貸せるように」

「大丈夫よ。ランニング、ハイキング、トレーニング、これでもいろいろやってるんだから」

言ったそばからティルダは石に足を取られた。が、よろめく前にケイレブに手首をつかまれ事なきを得た。ケイレブは大地に根を張る大木のようだった。

「きみが強いのはわかってる。でも何時間も歩いてきたんだ。疲れてるし、凍えそうになっている。頼む、ぼくの好きにさせてくれ」

その低い声は魅惑的だった。〝ぼくの好きにさせてくれ〟

聞いた瞬間、ティルダの夢想は全開になった。呻き、身もだえして、わたしに請い願うケイレブ。

ああ、もう。いいかげんにしなさい、ティルダ。彼の言葉、彼の表情のひとつひとつを深読みするのはやめなさい。

何度も自分にそう言い聞かせているものの、おかしなことに、言えば言うほど説得力は弱まっていった。

9

ティルダに助けがいらないのは明らかだったが、ケイレブはそばを離れなかった。やがて霧が晴れはじめると、常に彼女の少し前を歩くよう心がけた。自分が浮かべている表情を隠すために。

とても見せられない顔をしているに違いなかった。ケイレブはどうしようもなく欲情していた。ティルダに気取られたら、余計な不安や警戒心を抱かせてしまうに決まっている。

家へ帰り着くと、なんとか普段どおりの様子を装って鍵を開けた。「約束のホットチョコレートをつくるよ」

「先に熱いシャワーを浴びて温まったほうがよくない？」ティルダは続いて中へ入るとフリースのジャケットを脱いだ。「これ、ありがとう。すごく助かったわ」

「どういたしまして。でも、忘れてないかい？　ここにはジェットバスがあることを。いつでも湯気を立ててぼくたちを待っている」

ティルダは用心深い表情になった。「でも……水着を持ってきてないから」

そんなもの、なぜ必要なんだ？　そう言いたいところだが、こらえた。「下着でいいじゃないか。あるいは、きみ一人で入るか。ぼくはどちらでもかまわない。いずれにしてもきみは体を温めないと」

「わたしだけじゃないわ。あなただって寒い思いをしたでしょう。ジェットバスは一緒に試してみたらいい」

「わかった。バスローブとタオルを取っておいで。ぼくは先に行ってる」

ケイレブは、ティルダが部屋へ入るのを待って自室へ駆け上がった。服を脱ぎ捨て、大急ぎでサーフパンツを穿きローブを羽織る。気が急くのは、ティルダより先にバスタブに身を沈めていなければならないからだ。興奮しきった体の状態をわざわざ見せる必要はない。

キッチンでアイスペールをつかみ、冷凍庫の氷をざらざらと移し入れた。プロセッコの栓を抜き、シャンパングラスをふたつ手に取る。

ベランダへ出ると海風は冷たかったが、ジェットバスのカバーを取れば温かな湯気がたっぷりと立ちのぼった。キッチンから漏れる明かりのほか、照明はない。ケイレブにとっては好都合だった。あたりが暗ければ暗いほどありがたい。

ローブを椅子に放って湯につかると、ため息が出た。これはいい。なんという気持ちよさだ。ケイレブは一瞬、祖母に感謝の念さえ抱いた。

少しするとベランダの引き戸が開かれた。ジェットバスの作動音は静かだった。ブクブクと低く柔らかな音を響かせている。

ケイレブはずっと目を閉じていた。少なくとも、閉じようと努めていた。それでも生身の男だから、ティルダがタオル地のローブを脱いで湯に入ってきたときには薄目を開けずにいられなかった。引き締まった曲線的な体。キャミソール越しにわかる乳首。豊かに張りつめたヒップ。

ティルダは顎の下まで身を沈めた。「ああ、永遠にこうしていたい」

ケイレブは目を開けた。ティルダの顔はピンク色に染まっていた。唇は至福の笑みを形作っている。

あまりの美しさに胸が激しく疼（うず）いた。切望する何かがあるのだが、それをどう呼べばいいのかわからなかった。セックスではある、確かに。しかし求めているのはそれだけではない。それだけで満たされるとは思えない。とっさにケイレブは気を紛らわせようとして、プロセッコのほうを見た。「飲むかい？」

「ありがとう。いただくわ」

プロセッコを注ぎ、グラスを彼女に手渡した。「立ち入ったことを訊いてもいいかな」

ケイレブは思いきってそう言った。

「ジェットバスにつかってプロセッコを飲んでるときなら、どんな質問をされても答えてしまいそう」

「マレーシアへ渡って妊娠がわかったとき、なぜ帰国しなかったんだ？　慣れた環境で過ごすほうがいいとは思わなかったのかい？」

ティルダはグラスに口をつけた。「父に負担をかけたくなかったの。当時から父の健康状態は思わしくなかったし。それに、妊娠がわかったのがかなり遅かったのよ。もともと生理周期が不規則で、何カ月も来ないなんてこともあったから。とくにストレスにさらされたりするとね。あの頃はまさにそういう状況だった。あなたと別れた直後だもの」

「想像はつく」

「ともかく、いろんな変調は全部ストレスのせいだと思っていたの。情緒が不安定なのも体重が増えたのも、吐き気がするのも。だけど、何かの風土病かもしれないと思いはじめてようやく受診したのね。そうしたらお医者さまが、〝おめでとうございます。あと四カ月足らずで、あなたはお母さんになりますよ〟って」

「それはさぞかし驚いただろう」

「驚いたなんてものじゃなかったわ。でもね、ちょうどその頃、初めて胎動を感じたの。ほんとにかすかになんだけど、確かに感じた。まだパニックを引きずっていたけど、でも嬉しくて嬉しくてたまらなかった。わたしは恵まれていたのよ。必要な助けは得られたし、まわりの人たちに本当によくしてもらった。おかげで仕事を続けることができた」

「でも、お父さんにぼくのことは言わなかった」

「父は関係ないもの」

「お父さんは納得しなかっただろう。ぼくなら、しないね」

「ええ」ティルダは認めた。「言い争いは何年も続いたわ」

「でも、今はお父さんもすべてを知っている」

しばらく二人とも黙って、泡の沸き立つ音に耳を傾けていた。

「あなたとアニカの話ができてよかった」ティルダが言った。「わたしの娘は宇宙一なの。でもそれはわたしにとってだけ。あまりにもわたしがそういうことを言いすぎると、父でさえ引いちゃうのよね。母が生きていれば同意してくれたはずだけど、いないから。今日初めて、わたしと同じぐらい一生懸命になってくれる人がいると思えたの。あなたはあの子のこと、まだほとんど知らないのに」

「それが残念だよ。最初からそばにいたかった」

「そこが意外なのよ」ティルダはゆっくりと言った。「あの最後の夜、あんなことを言われたから……子どもができるなんて、あなたにとってはいちばんいやなことなんだろうと思っていたわ」

「そう思われてもしかたなかったと思う。でもあれからぼくも大人になった。あの頃ほどばかじゃない。それにぼくは、自分の父親を知らないというのがどういうことかよくわかってる。なかなかつらいものだよ。たいしたことじゃない、むきにならなくてもいい――そう自分に思い込ませるためにまた必死にならないといけない。自分の子どもにはこんなつらさは味わわせたくない。父親としての振る舞い方なんかはまったくわからないけど、でも、努力するよ。ぼく以外の家族もみんな同じだ。彼女たちが舞い上がってるのは、きみも見ただろう?」

「ありがたいわ。アニカも大喜びしてる。これまでも、あの子が父親についてわたしから聞きだそうとしたことは何度もあったの。その話題を避けるのもだんだん難しくなってきていた。でももう、避ける必要はなくなったのね」

ケイレブは思いきって言った。「そう、避ける必要はない。ぼくたち二人のあいだでも同じだ」

グラスを傾けながらティルダが問いかけるような目をした。「どういう意味?」

ケイレブは言葉を探しつつ、ゆっくり言った。「ぼくたちは夫婦になった。だが、不完全だ。避けてきた話題がある。もう避けなくてもいいんじゃないかとぼくは思ってる」

ティルダが背後のデッキにグラスを置いた。瞳に警戒の色が浮かんでいる。

「それは危険な考えじゃないかしら。少なくとも、わたしにとっては危険だわ」

「なぜだろう。わからないな」

「この協定は、アニカにとってとてもいいことだったと思うわ。だけどわたし自身について言わせてもらえば、二度までもあなたに傷つけられるのは耐えられない」

「そんなことは起きないと確信していなければ、きみは今ここにはいないはずだ」

「はっきりさせておきたいんだけど」ティルダは言った。「わたしたちが今話し合っているのはセックスのことよね？」

ケイレブは少し考え、敢えて言った。「そういうことになるね。それを予感しているのはぼくだけじゃないと思うが」

「ええ、あなただけじゃない。だけど、頭の中でのそういう事柄の処理の仕方が、わたしとあなたではまったく違う」

ケイレブはしばらく考え込んだ。彼女の言わんとすることを理解しようと努力した。

「どういう意味だろう。教えてほしい。わかってくれていると思うが、ぼくはいつだってきみの希望や気持ちに敬意を払うつもりだ」

「九年前みたいに？」

ケイレブは奥歯を噛みしめた。「起きてしまったことは取り消せないんだ、ティルダ。それでも前に進むことはできないだろうか？」

「そんなふうに考えられたら楽だろうなって自分でも思うわ。でも、無理なの。あなたとそういう関係になれば、わたしは深入りせずにいられない。あなたもわたしという人間を知ってるでしょう？　あの頃のわたしは、ホルモンに、エンドルフィンに、すっかり乗っ取られたみたいになっていた。次もきっとまたそうなる。きっとまた傷つくことになる。今度はいっそうひどく」

「頼むから、九年前の出来事を蒸し返して責めるのはやめてくれないか」

「責めてるわけじゃないわ。はっきりさせておきたいだけ。責めてるみたいに聞こえたらごめんなさい」

ケイレブはジェットバスの縁に背中を預けた。「もう謝るのはやめるよ。でもぼくは、あの頃と同じようにきみに惹かれている。それはきみも同じじゃないかとぼくは感じているんだが」

「ばれていたのね。でもわたしたち、もう結婚したのよ。おまけに子どもまでいる。惹かれ合うのは悪いことじゃないんじゃない？　信頼構築の一環という意味でも」

ティルダの瞳がいたずらっぽく光るのを見て、ケイレブはわざと笑い声をたてた。「親密な関係になっても大丈夫かどうか確かめるには、親密な関係になってみるしかないんじゃないか？　そうでなければ、何を言っても机上の空論にすぎない」

ティルダも声を出して笑った。「あなたは策士ね、ケイレブ・モス。うまい手だわ」

「だめもとで足掻（あが）いてみようかと思ってね」ケイレブは腕を伸ばすとティルダの指に自分の指を絡めた。ティルダが手を引っ込めなかったので、ケイレブはそのまま自分のほうへ引いた。強くではない。彼女が動きたくなければ動かずにいられる程度の、優しく誘うような力で。

ケイレブは言った。「今日、雲より上に立ったとき、不思議な感覚に襲われたんだ」

「どんな感覚？」囁（ささや）くようにティルダが訊いた。

「この世に不可能はない、みたいな。何だってできるんじゃないかと思った。たとえば、きみとやり直すとか。最初から、もう一度、全部やり直す。今度はうまくやれる。そう思えた」

「へえ」ティルダがほんの少しだけ近くへ来た。「そう簡単にいくかしら？」

「簡単じゃないのはわかってる。乗り越えなければいけないことも多いだろう。険しい山を一歩一歩登るようなものだ。霧の中を手探りで」

「危険だわ」ティルダがそっと言った。「道に迷うかもしれない。崖から落ちるかも」

「危険だ」ケイレブはうなずいた。「それでもぼくはきみと一緒に頂上に立ちたい。きみとならこの世の果てだって見に行ける気がする。二人一緒に空を飛べるような気が」

ティルダはもうケイレブのすぐ隣にいた。指を絡めて手を繋ぎ、夢見るような目をして囁く。「そうやって誘惑するのね、いけない人。わたしにきれいな幻を見せるなんて」

「幻じゃない。現実だ。ぼくの言葉に嘘はない」

「信じられると思う？　過去にあんなことがあったのに」

ケイレブの心臓が、彼自身の耳を聾するほど高鳴りだした。「信じさせてみせるから、やらせてみてほしい。やり直させてくれ」

ティルダはかぶりを振った。「どんな状況になるのか、想像もつかない」

「だから、やってみようじゃないか」ケイレブは懸命に説得を続けた。「大きなチャンスは人生に何度も巡ってこないんだ。きみはぼくにとってそういう存在だったのに、あのときは愚かにもそれがわかっていなかった。今、ぼくは思ってる。二度目のチャンスを与えられたんだと。そして、今度こそ台無しにはしないと。本当だ、誓うよ」

「簡単に誓ったりしないで」即座にティルダは言った。「早すぎるわ」

「いや、九年も遅れた。でもたぶん、手遅れではない。きっと取り返しはつく。望みはある。今日のあの光景が、そう思わせてくれたんだ」

ケイレブはティルダをより近くへ引き寄せた。そっと。期待を込めて。

ティルダが指先で彼の頬に触れた。同じことをこちらもしてかまわないという許可だと

ケイレブは受け取った。そして、触れた彼女の肌の柔らかさ、なめらかさに、あらためて感嘆した。

唇が重ねられた。どちらが主導したのかケイレブにもわからなかった。でも、どちらだってかまわない。濡れたしなやかな髪に手を差し入れ、開かれた唇を味わう。ティルダがケイレブの肩に指を食い込ませ、体を引き寄せた。二人の視線が絡み合う。

「そっちは？　ティルダ」かすれた声でケイレブは訊いた。「きみの望みは何？」

「先のことなんて考えられないわ」ティルダはそう答えた。「あなたしか見えない」

ケイレブは彼女を抱き寄せると、貪るようなキスをした。

10

ああ、なんて素敵なんだろう。彼の体はたくましくて熱くて強くて、こんなにも心地いい。

正気を保ってと訴える声は頭の中で続いているけれど、もうそれは甲高い悲鳴でしかなく、耳障りなだけだ。こんなにすばらしいものをどうして拒めるだろう。大きくて力強い手、ティルダを貪りながら、何かを請い願うようでもある唇。

長い髪がふわりと落ちてケープのようにティルダのまわりに広がり、湯に沈んだ。ケイレブの膝に抱き寄せられると、その髪が首や肩にまとわりついた。彼の硬いものの上に座りながら、ケイレブに両足を絡ませ、より近くへ引き寄せたいと思った。彼のそれを、ここへ強く押し当てたい……最も彼を欲しているこの場所へ。

彼の手は魔法の手。昔から巧みだった。ヒップを包んだ手が、太腿を撫(な)で上げる。指先の淫らな動きのひとつひとつがティルダを誘っている。舌と舌が絡み合い、脚の付け根をまさぐられると、ティルダは予感に打ち震えた。彼とひとつになればどんなに気持ちがいいか、体が覚えていた。この大きくてたくましい体を全身で受け止め、彼を迎え入れ、共に動けば、敏感な部分がいっせいに目を覚ます。そのとてつもない快感にティルダは我を忘れるのだった。

今もう、そうなる一歩手前だ。憎らしい人。ケイレブはわたしを焦らしている。身もだえしながら彼の手に手を重ねると、自身の下腹部に強く押し当てた。

ケイレブが呻き、指をショーツの下へくぐらせた。最も敏感な部分をとらえられ、指の巧みな動きにティルダは酔いしれた。今日一日が壮大な前戯だったのだと思い知る。快感は瞬く間に全身に広がり……そして弾けた。

頭が真っ白になり、体は無数の欠片になって飛び散った。

やがて気がつくと、ティルダは彼の腕に抱きしめられていた。「すばらしい」呻くように彼が言う。「達するきみを見るのは最高だ。一晩中だって続けていられる」

ティルダは頭をもたげた。喉のわななきを鎮めて言葉を発しようとする。が、ケイレブのキスがそれを封じた。彼は濡れたストラップを肩からはずし、キャミソールを腰まで下ろすと、ショーツもろとも剥ぎ取った。

下着が足首を離れて漂いだす。体を持ち上げられ、気づくとヒップがジェットバスの縁にのっていた。湯の中でケイレブがひざまずき、腿に熱いキスを繰り返す。このまなざしは懇願か、挑戦か。たぶんその両方だ。

「きみを味わいたい」

欲望をあらわにしたその口調がティルダを開かせた。同じ欲望はその身の中にもあったから。広げた脚の内側にケイレブは唇をつけた。指が柔らかな襞を分け、器用な舌がよろこびを与える。

どんな細かなことも鮮やかに感じ取れた。脚をつかむ手の力強さも、柔らかな尖りを転がし弾く舌のしなやかさも。火照った肌を撫でる風の冷たさも。

ティルダは喘ぎ、頭をのけぞらせた。月が見える。月が雲に隠れるにつれ、快感はどんどん高まっていく。星がひとつ瞬いている。と思ったそばからそれもまた雲に隠されてしまった。

そのときだった。鉄砲水のようにやってきたオーガズムに貫かれ、ティルダの息はしばし止まった。

しばらくして目を開けると、月が雲の陰で柔らかく輝いていた。深い開放感に包まれ、思った。自分は今、まったくむきだしの状態でここにいる。

ケイレブの声が脳裏によみがえった。冷たく、よそよそしい声。記憶に傷跡のように刻み込まれた台詞。〝それは愛じゃない、ティルダ。ただの肉欲。ホルモンのなせる業だ〟

よみがえる声を押しやり、身を滑らせるようにしてジェットバスの中へ戻った。ケイレブがふわりと後ろへ下がり、ティルダは温かな湯にゆったりと包まれた。

「心の準備ができていなかったわ」ティルダは囁いた。

「ぼくも準備していなかった」ケイレブが言った。「実際的な意味でだが」

ティルダは目をぱちくりさせた。「どういう意味？」

「コンドームを用意していない。もしかしたらと期待しなかったと言えば嘘になる。生身の男だから。でも思ったんだ。もしきみにその気があるなら、きみが持ってくるだろうと。あるいは、ぼくに買いに行かせるだろうと。あらかじめぼくが用意しておくのは厚かましすぎる気がした」

「いろいろ考えてはいたのね」ティルダはつぶやいた。

「きみが望むなら今すぐ調達しに行く。はっきり言ってくれ」

風が唸り、周囲の木々をざわめかせた。

「こういう話になったから、はっきりさせておいたほうがいいかもしれないな。ぼくが健康診断を受けたのはつい最近だ。血液検査の結果、性感染症はすべて陰性。その後、誰とも関係は持っていない」

「こっちも同じよ。最後にデートしたのは、うんと昔」

「教えてくれてありがとう。それで、買ってこようか?」ためらいを含んだ声でケイレブは尋ねた。「それとも必要ないか。きみに任せる」

もはや、セックスするかしないかを問われているのではなかった。それはもう決まっているのだ。問題は、その方法。ティルダは湯に浮かぶ下着を手に取ると、水気を絞ってウッドデッキに広げた。

望むものを手に入れたとして、それでもなお、わたしは適切な距離を保っていられるだろうか。無意識のうちに、向こうがまったく望んでいないものを差しだしてしまうのではないだろうか。

一生懸命になりすぎるのが怖い。昔みたいに、彼にとってはうっとうしいだけの感情を、報われない愛を抱いてしまうのが。ふたたび拒絶されれば、今度こそ立ち直れない。

頭が切れて魅惑的で意志の強い男性を、コントロールする。こちらが優位な立場に立つ――できるだろうか、そんなことが。百戦錬磨のファム・ファタールでもない自分に。

だけど、昔のままのわたしというわけでもない。あの頃よりはずっと強くなった。

今のわたしをケイレブ・モスは知らない。ならば、知らしめるまで。

ティルダは立ち上がった。湯が体を滑り落ちる。濡れた髪を絞る。背筋を伸ばし、胸を張って。そう、胸を最大限、高く大きく見せて。

ケイレブの目は釘づけだった。「ああ、ええと……」咳払いをして、つかえながら言う。「ぼくの途方もない夢を叶えてくれようとしていると思っていいんだろうか。もし間違っていたら、教えてほしいんだが」

「中へ入りましょう」ティルダは言った。「暖炉の前に素敵なラグがあったわね」

そしてジェットバスから出ると、滑るような足取りでデッキを歩き、ローブを羽織った。ジェットバスの作動音が止まった。背後でケイレブが湯から上がる音がした。頭を高くもたげたまま、ティルダは引き戸を開けた。暖炉の火があれば、部屋の明かりはいらない。仄暗いほうがいい。

ケイレブがしゃがみ込んで火を熾すあいだに、ティルダはローブのフードで髪を拭いた。ケイレブがラグの上にブランケットとクッションを置く。ティルダが髪を手ぐしで梳かすかたわらで、彼が特大の薪を火の中心にくべた。

「これで当分は大丈夫だ」

「それなら」ティルダはローブの前を開いた。「ブランケットの上に横たわって。ローブを脱ぐのよ」

ローブを脱いだケイレブが、ラグに肘をついて仰向けになった。

ああ、記憶どおりの見事な肉体。もともとたくましかったけれど、あれからさらに筋肉がついてひとまわり大きくなった。そそり立つものの猛々しさは少しも変わらない。ひとつだけあの頃と違うのは、目に浮かぶ表情。これまで一度も求めたことのない何かを、今、求めているかのような。不可解だけれど、今は詮索している場合じゃない。容赦ないセックスの女神がわたしには乗り移っているんだから。優位に立つの、ティルダ。コントロールするのはあなたよ。そう自分に言い聞かせて、ティルダはローブを脱ぎ捨てた。

ケイレブが苦しげな呻きを漏らした。「ああ、息が止まりそうだ」

「死んじゃだめよ。いろいろといいことをしてあげるから。それにはあなたの大いなる協力が必要なの」

「わかった」ケイレブは意気込んだ。

「ふうん」ティルダはつぶやいた。「やる気満々のようね」

「きみには想像もつかないぐらいね」ケイレブの声はかすれ、震えている。

ティルダはケイレブの体をまたいで立ち、彼に自分を見上げさせた。その焦れる様子を、じっくりと楽しむ。

ケイレブが上体を起こした。ティルダのヒップを両手でつかむと、柔らかなブロンドに彩られた下腹部に鼻を擦り寄せる。

ティルダはケイレブの髪に指を深く差し入れ、快楽に身を委ねた。彼の手が内腿を撫で上げ、舌がうごめく。なんて甘やかな……淫らな舌。

快感が高まるにつれ、膝から力が抜けていく。今夜はそれでいい。今このときだけは、抗わずに……。ティルダは彼にまたがったまま、腰を落とした。

興奮に赤らむケイレブの顔を見ながら、黒々としたしなやかな毛をたどるようにして、ゆっくり指を移動させた。ペニスの裏側をそっと撫でると、そのなめらかさと硬さが手に心地よかった。ケイレブは身をわななかせ、呻いている。

「ティルダ」かすれた声で彼は言った。「きみのどんな妄想だって実現してみせる。だが、きみの中へ入ってしまえば、果ててしまわない自信はない。それぐらい興奮してるんだ。だからコンドームがないままじゃ――」

「必要ないわ」

「え?」ケイレブは怪訝そうに眉をひそめた。「どうしてだ?」

「生理周期が安定しない体質だって話はしたわよね。そのためにピルをのんでるの。だから安心して」

「ああ、そうだったのか」ケイレブはぼんやりと言った。「それは――すごい」

「もちろん、避妊の手段として百パーセント確実というわけじゃないけれど。お互い、それは重々わかってるわよね」ティルダは彼のものを握ると、手をゆっくり上下させはじめた。「それでも続けたい？」

「もちろん」喘ぐケイレブは言葉を絞りだすようにして言った。「頼むから続けてくれ」

これまでのところは順調。ケイレブは自身の高まりきったものを握りしめて、わたしに差しだしている。

ここまでは綱渡りをうまくこなしてきた。でも、彼を迎え入れ、ゆっくりと身を沈めていくにつれ、綱から落ちかけているのが自分でわかった。腰を浮かせ、また沈め、それを繰り返すうち、いつしか夢中になっていた。押し寄せる快感の波にティルダはのみ込まれ、さらわれた。優位に立つ、彼をコントロールする、感情を動かさない――何もかも、しょせんは妄想だった。

ケイレブもティルダと同じような表情をして、同じように息を弾ませていた。手と手を固く握り合ったまま、彼はティルダを激しく突き上げる。その律動を二人の喘ぎが追いかける。体が溶けていきそうだ。柔らかくしなるわが身が、よろこびに光り輝いているようだった。なめらかに、それでいて激しく、彼の腰が打ちつけられるたび、快感の波がどんどん大きくなっていく。

とうとう最大の波がティルダに襲いかかり、そして砕けた。彼女自身も砕け散った。そして何もかもわからなくなり、水中深くへと引きずり込まれた。

ケイレブは動きたくなかった。ティルダの髪が顔にかかっていて、息をするたび、ほのかに甘い蜂蜜の匂いがする。体と体はまだ結ばれたままだ。ティルダはその重みをすっかりケイレブに預けている。肌を重ね、ゆったりと満ち足りている二人だった。

これ以上すばらしいものがこの世にあるだろうか。ケイレブはそう思ったが、至福の時とは儚(はかな)いものだ。これも例外ではなかった。

ティルダが身じろぎをして頭をもたげ、微笑(ほほえ)んだが、その目には警戒の色が戻ってきていた。

セックスのさなか、ティルダの警戒は束(つか)の間(ま)、解かれていた。ケイレブは確かにそう感じていた。しかしこうして彼女が守りの態勢に入った今、ケイレブもまた、用心しなければとふたたび思いはじめていた。この出来事の扱いを誤れば、失うものが大きいのは二人とも同じだ。ケイレブが誤れば、ティルダは彼を断ち切る。かつて、そうしたように。文句を言えた立場ではないとわかっているものの、それは事実であり、ケイレブにとってはなんとしても避けたい事態だった。

「よかったかい?」ケイレブは訊(き)いた。

ティルダが笑い声をたてた。「訊かなきゃわからない?」

「推測で物事を判断するのは主義に反する」

「そう。じゃあ、答えるわ」ティルダは胸板に両手を重ねると、そこに顎をのせた。「信頼構築のためのワークショップとは思えないぐらいすばらしかった」

ケイレブは目を細めた。「男の脆い自尊心をもてあそぶのは、なしだぞ」

ティルダは彼の胸を叩いた。「よくわかってるくせに。セックスがわたしたちのあいだで問題になったことは一度だってなかったじゃない」

確かにそのとおりだった。ケイレブは彼女にとって初めての相手だったから、最初は控えめにゆっくりと事を進めたのだが、それでもじゅうぶん満足させられたのだった。あのときは自分が神になったような気分を味わったものだ。

ティルダが起き上がり、体を離した。髪をさっと後ろへ払うと、いたずらをするような手つきでケイレブの胸を撫ではじめる。「すごい体」彼女はつぶやいた。「鍛えてるわね。九年前よりさらにたくましくなってる。もしかして、トレーニングマニアかしら」

ティルダに触れられると体がひとりでに反応した。「見た目はどうでもいいんだが」ケイレブは正直に言った。「ランニングと筋トレでかなり追い込まないと、夜、眠れないんだ」

「だめだと言ってるんじゃないのよ。とても素敵な体だわ」

「きみも」ケイレブはティルダの体を見回した。「最高にきれいだ」

ティルダは自分自身を見下ろすようにして言った。「変わったでしょう。子どもを産むと、どうしてもね」

「あの頃、きみは誰よりも魅力的だった。そして今はそれ以上に魅力的だ」

この言葉に込められた意味を、ティルダはわかってくれるだろうか。初々しいティルダも実に愛らしかったが、成熟した彼女は……複雑で、危険で、このうえなく魅惑的だ。

いや、昔からそうだったのに、今になってようやく気づいたのかもしれない。

そこでケイレブの腹が鳴った。互いに顔を見合わせ、同時に吹きだした。

「食事のこと、すっかり忘れてたわね」ティルダが言った。「冷蔵庫をあさってみましょうか」

すばらしい考えだった。二人はバスローブを羽織ると冷蔵庫に飛びつき、昨日の残りや、手つかずのままだったものなどを次々に取りだした。熟成したペコリーノチーズに、極薄スライスのハニーハムとペッパーローストビーフ。新鮮な枝付きトマトもあった。ふわふわの大きなフラットブレッドは、トースターで温めればオリーブオイルとローズマリーが香り立った。そこに燻製（くんせい）ナスのスプレッドを塗り広げる。ワインはイタリアの赤、ネーロ・ディ・トロイア。花とハーブと蜂蜜のアロマがかぐわしい。

食事の終わり近くになるとワインもほどよく回り、自分の口に持っていくべき一口を相手に食べさせたりして、二人は笑い合っていた。けれど、理性を失うなという頭の中の声がしだいに大きくなって会話は減り、やがてどちらも黙り込んだ。

ケイレブはキャラメル・チョコレートをかじったところで、ねっとりしたキャラメルが一筋、指先についたままだった。ティルダが身を乗り出し、その指を口に含む。熱く湿った粘膜に包まれる感覚が、ケイレブの理性を揺るがした。

「ああ、ティルダ、やめてくれ」彼は懇願した。「今すぐまたセックスをしたいんじゃなければ」

からかうように舌でもう一舐めしてから、ティルダはローブのベルトをいきなりほどいた。腿のあいだに手を伸ばしてペニスを握ると、床にひざまずき、唇を寄せる。

彼女の口の中は……得も言われぬほど……心地よかった。吸われ、舐められ、舌が絡みつく。ケイレブは全身を震わせて喘いだ。どうにかなってしまいそうだった。永遠に続けてほしいと思った。もっと深く、もっと熱く、もっと淫らに。甘美な拷問にケイレブは身をよじった。

快感はついに極まり、彼を貫き打ちのめした。

ティルダが立ち上がったとき、ケイレブはまだまともに息ができずにいた。どうやらグラスに水を注いでいるようだが、目の焦点が合わない。

「ティルダ」呻きのような声しか出なかった。

「わかってるわ。続きは上でね。ベッドへ行きましょう」

ティルダはケイレブの手をつかむと、引っ張りながらキッチンを出た。階段をのぼりマスター・ベッドルームへ入ったが明かりはつけない。ローブを脱ぎ捨てベッドに滑り込み、上掛けをめくって無言でケイレブを促している。

ケイレブはベッドに入った。ティルダの温かな体、絹のようになめらかな肌。そこに自分の体を重ねると、すべてが自然なことに思えた。彼女の体がしなやかに反り、こちらに向かって開かれるのも、脚が胴に絡みつくのも。ケイレブは、高まりきった硬いものを甘やかな潤みにゆっくりと沈め、彼女と一緒に大きな声をあげた。

深く大きくゆるやかに二人は動いた。腰に巻きつくティルダの脚に力がこもる。彼女にこの顔は見えない。抱いてはいけないと知りつつ抱かずにいられない希望が、そこにはでかでかと表れているに違いなかった。

ああ、暗闇のおかげで助かった。

11

目を開けると、空はいつしか夜明けの優しいグレーに染まっていた。ごろりと寝返りを打って、ケイレブの寝顔を見つめる。この心が柔らかくなっている、開ききっている、とティルダは思った。こんな状態で感情を隠すなんてできるわけがない。タフな女のふりをいつまで続けられるだろうか。

真実は明らかだ。わたしは九年前と同じように彼を愛している。でも、九年前にこの気持ちが彼を不快にさせたのなら、また同じことにならないとどうして言えるだろう。最後にはきっと、なる。人はそう簡単に変わらないのだから。

しかも今のわたしは、あの頃より多くを彼に求めている。自分を愛してほしいだけでなく、アニカのことも愛してほしいと思っている。リスクは大きくなるばかりだ。

自分は変わったとケイレブは言ったけれど、あのとき彼は興奮の極みにあった。あんな状況に置かれれば男性はたいていそう言うだろう。目新しさがなくなったときにどう感じるか、わかったものではない。

自分自身の考えにぞくりとして、ティルダはベッドから出た。足音を忍ばせてバスルームへ行き、シャワーを浴びたあと、寝間着代わりのTシャツを引っ張りだした。頭を通しながら、もっとセクシーなのを持ってくればよかったと後悔する。でも、荷造りをしているときはまさかこうなるとは思っていなかったのだ。あのときは頭の中で自分の声がずっと聞こえていた。絶対にだめ、ちらりとも考えてはいけない、ひどい目に遭うに決まっているんだから、と。

「ティルダ」眠たげなケイレブのハスキーな声を聞いただけで、甘い震えが背筋を走った。「何をしてるんだ？　服を着ようとしてるのか？　おいおい、いったい何のために？」

ティルダはにっこり笑って言った。「おはよう。もう朝よ」

ケイレブが手を伸ばしてきた。「おいで」

このえくぼにどうして抗（あらが）えるだろう。着たばかりのTシャツをティルダは脱いだ。

ずいぶんたってから、ふたたび、今度は二人でシャワーを浴びた。バスルームから出るまでにまた長い時間がかかった。さらなる刺激的な楽しみ方を発見してしまったのだ。シャンプーをして体を拭いて服を着終えたときには、二人とも朝食が待ちきれないほどになっていた。

キッチンへ入るなりケイレブは料理に取りかかった。ハムとタマネギとピーマンを炒(いた)め、卵をかき混ぜ、チーズをおろす。なんとも美味(おい)しそうな匂いがしていたから、ティルダはすべて彼に任せてコーヒーをいれ、昨夜の宴の残骸をテーブルから片付けた。

ほどなく目の前に皿が置かれた。ハムとチーズと野菜のオムレツだ。

「今日の予定だが」自分の皿を持って向かいに腰を下ろすとケイレブは言った。「これを食べ終えたら、管理人に連絡してクリーニングサービスを呼んでもらおう。掃除はそっちに任せて、ぼくたちはブレイカーズ・ベイのフィッシュマーケットへ行く。今夜はリングイネをつくるから、パスタとハマグリを買わないといけない。あとはパセリだな。それ以外の材料は全部ここに揃(そろ)ってると思う」

「恐れ入るわ。こんなに素敵な食事をしながら、もう次の料理を考えてるとはね」ティルダは笑った。「あなたがそこまで食いしん坊だったとは知らなかった」

「計画を立てるのは大事だ」ケイレブは言った。「何事も行き当たりばったりにやったのでは完全な結果は出せない。先を読まないと」

テーブルの上でティルダのスマートフォンが振動した。アニカだ。画面に現れた娘は温かそうな毛糸の帽子をかぶり、オレンジ色のライフジャケットを身につけていた。後ろに船の手すりとさざ波の立つ水面が見える。

「まあアニカ、今度はどこにいるの？」

「船に乗ってるの！」アニカが興奮の面持ちで叫ぶ。「シャチを見に行くんだよ！　群れがいるんだって。ばばさまとマディとロニーが連れてきてくれたの」

「すごく楽しそう」

「ティルダ！」頬を紅潮させ、風に髪をなびかせながらマディが登場した。「フェイスペイントしたアニカの写真、見てくれた？」

「ええ、ありがとう。ケイレブと一緒に楽しませてもらったわ」

エレインの笑い顔が映った。「この時間だとあなたたちも外だと思っていたけれど、キッチンにいるようね。食べているのは……何かしら？　ケイレブは何をつくったの？　あの子、なかなかの腕前でしょう？」

「すごいです。このオムレツも最高」ティルダはスマートフォンを動かして、まずケイレブの手料理を見せ、それから彼の姿を映した。コーヒーカップ越しにケイレブが笑顔で手を振る。

「じゃあ、ブランチというわけね？　なるほど！」エレインの笑みが大きくなった。「お昼の十二時二十分にね。なんとまあ優雅な朝だこと」

「ほんと、ほんと。それに髪がまだ濡れてるよ、ママ！　なんか、ベッドから出たばっかりみたい。あたしたちは早起きしたよ！　六時起き！」

「すごいわね、アニカ。これから見るシャチの群れのこと、ママに教えて」

より危険度の低い話題へとアニカを誘導した結果、シャチ見学について長々と聞かされることになった。

それが終わるとロニーが画面に現れた。「ねえ、お二人さんが帰ってくるのはいつごろになりそう？」

ティルダとケイレブはちらりと顔を見合わせた。

「まだ決めてないけど」ケイレブが答えた。「少なくとも二、三日はこっちにいようと思ってるよ。どうして？」

「ジャレスと婚約披露パーティーを計画してるの。内輪の食事会なんだけど。彼、明後日(あさって)にはロサンゼルスへ飛ばなくちゃならなくて、そのあと当分帰ってこられないのね。だから明日しかないんだけど、できればあなたたちにも出席してもらいたくて。ジャレスとティルダ、新しい身内の歓迎会も兼ねられるじゃない？」

「明日の夜には帰れるわ」ティルダは言った。「いずれにしても早めに帰ってアニカを地上に引き戻さないとね。普通の生活を忘れられたら困るもの」

「じゃあ……あてにしていてかまわない？」

ケイレブはすぐには返事をしなかったが、しかたなさそうに〝ああ〟と答えた。

「よかった！　父の家で、八時からよ。きっと来てね。アニカはマディとエレインが連れてきてくれるから。それじゃ、待ってるわ！」

ティルダはスマートフォンを置いた。「どうやら」つぶやきが漏れた。「現実がわたしたちを呼んでるみたいね」

「急すぎる。ロニーも、まずはメールででも知らせてくれればよかったんだ。そうすれば二人で相談できたのに。来たばかりじゃないか、まだ帰りたくないいな」

「それはわたしも同じよ。ごめんなさい、もっとよく考えて返事をすればよかったかしら。なんだか慌てちゃって」

「祖母にからかわれたから？」ケイレブがにやりと笑った。「きみもそのうち慣れる。明日の夜はこんなものじゃないぞ。少しずつ耐性をつけていくんだな」

「あなたの誘いにのってしまうなんて頭が変になったのかもって、まだどこかで自分を疑ってるのよ、わたし。仲睦まじい新婚カップルだとまわりに思われて、どう対応すればいいの？」

「こうなったのは、そもそも祖母の陰謀が発端だったわけだから」ケイレブは言った。

「少なくとも祖母は、ぼくたちが仲睦まじい新婚カップルだとは思っていないさ」

「そうであることを願うわ」ティルダは力を込めて言った。

「まわりに対しては二人で共同戦線を張るしかない。ぼくたちの感情や事情は外へは出さず、表向きはにこにこ笑って手を振っていればいいさ」

気は進まないけれど、そうするしかなさそうだとティルダは思った。

ケイレブは心の中で毒づいた。とんでもない二者択一だ。この世の楽園みたいな海辺の隠れ家で、最高の女性と思うさまベッドで過ごすか。さもなくば、険悪な空気と緊張をはらむに違いないジェローム宅での食事会に出席するか。選択肢が両極端すぎる。

だが、もう決まってしまった以上、残された時間を一分一秒でも無駄にはすまいとケイレブは心に誓った。

ブレイカーズ・ベイでの買いものは楽しかった。新鮮なハマグリと焼き立てのパンを買い、ティルダの必死の抵抗にも屈することなく、こってり甘いペストリーも買った。カロリーにかぎらず、制限や決めごとは、ここではなしだ。長い官能の時間を楽しむには燃料をたっぷり補給する必要がある。

戻ってみればキッチンはピカピカに磨き上げられており、ケイレブはすぐさまパスタのソースづくりに取りかかった。

「もう病気ね！」ティルダが笑っている。「二時間前に料理したばかりじゃない！」
「言っただろう。先のことを考えてるんだよ。このあとはプライベートビーチまでハイキングする」ニンニクの香りが立ちはじめた鍋にハマグリを投入すると、盛大な音がして湯気が立ちのぼった。カタカタと鳴るハマグリを炒めながら白ワインを振りかける。「帰ってくる頃には体は冷えきり、腹がぺこぺこだ。だがこうしておけば、あとはリングイネを茹(ゆ)でてソースとあえ、パセリとオイルを加えるだけでいい。すぐに食べられる」

　ハマグリのソースがケイレブの満足できる仕上がりになると、二人は外へ出た。小道に立てば、崖の下のプライベートビーチが一望できる。槍(やり)のような巨岩によって両端を区切られた砂浜は、長さ二百メートルほどだろうか。整備された小道をたどっていくと、崖には浜へ下りるための鉄製の階段が取りつけられていた。

　ケイレブは、砂から突きだす岩のそばにブランケットを広げた。それから二人で浜辺を歩き、海食洞にも入ってみた。白く泡立つ波が打ち寄せ、岩々を黒く輝かせてはまた引いていく。

　二人はブランケットのところへ戻ると、岩に寄りかかって寝そべった。ケイレブの脚のあいだにティルダが入り、背中を彼の胸に預ける。白い空を舞い飛び鳴き交わすカモメたちをケイレブは見上げた。波が魅惑のリズムを刻んでいる。顎の下には、花の香りのする腕の中にティルダがいる。信じられない。あれほど愚かなことをした自分の身に、こんな奇跡が起きていいのか。いや、幸運の女神が微笑(ほほえ)まないともかぎらない。ティルダに許され認められるよう、努力するだけだ。

霧が出てきてケイレブは現実に引き戻された。ティルダの金色の髪に水滴がつきはじめている。「ティルダ？ このままだとびしょ濡れになりそうだ」

彼女が顔を上げた。「……え？ ごめんなさい、うとうとしてたわ」

「昨夜はぼくが寝かせなかったからね」

「そうよ」ケイレブの腕の中でしなやかに伸びをした。「帰りたくないな」気だるげに言う。「ここは別世界みたい。霧が立ちこめていてさえ、すばらしいわ。この世に存在するのはわたしたちだけみたいな気がしてくる。船が難破してここにたどり着いたみたいな」

「ありがたいことに、ぼくたちは遭難していない。崖の上に素敵な家があって、暖炉の火とホットチョコレートが待ってくれている」

「最高の贅沢(ぜいたく)じゃない？ プライベートビーチだなんて、度肝を抜かれたわ」

「今度ぼくが祖母に腹を立てたら、それを思い出させてくれ」

コテージへ戻り、ティルダがホットチョコレートをつくるあいだにケイレブは暖炉の火を熾(おこ)した。カップを運んできたティルダが暖炉のそばの床に座る。

「これとモス家の食事会を引き換えにするなんて」ケイレブは無念を滲(にじ)ませて言った。

ティルダがため息をついた。「わたしも残念だけど。あなたはジャレスが嫌いなの？」

「別に、何があったわけでもないんだが。妙に調子のいいやつなんだ」

「ロニーとその人も共同戦線を張ってるのかもよ。ただにこにこ手を振っていようって」

ケイレブは唸(うな)った。「だとしたら責められないな。しかしロサンゼルスでどんな大事な仕事があるのか知らないが、そんなものにぼくたちの旅を邪魔されるのはむかつくよ」

「ロニーの気持ちを無下にしたくなかったの。それにアニカのこともあるし。ロニーのお父さん――ジェロームは、ライリー・バイオジェンを狙っていた人よね？」

「ああ」

「そう」ティルダはつぶやいた。「何か言ってきたりするかしら？」

「たぶん明日はおとなしくしてるだろう。ジャレスは金と人脈を持っている。ジェロームはそこを評価してるんだ。ジャレスに見苦しいところは見せたくないはずだ。〝心配いらない、きみも大叔父のことを大好きになるよ〟なんて言えたらいいんだが、嘘はつけない。あれはなかなかの難物だ」

「アニカもいることだし、変に揉(も)めなければいいけれど」ティルダはため息をついた。

「それにしても、残念だわ」名残惜しそうに言う。「このすばらしい時間を終わりにしたくなかった」

「終わると決まったわけじゃない」

ティルダが顔を上げた。「え?」

「いや、この旅自体は確かに終わる。でも、二人の楽しい時間は続くかもしれないだろう? この先、時間がどう流れるか、一緒に見ていよう」

「あなたが計画を立てるのが好きなのは知ってるわ。でも、お願い。今はまだ、先のことを考えようとしないで」

「いつからなら考えてもよくなるんだ?」

「そのときが来たら、そう言うわ」

ティルダが身震いをしたので、ケイレブは腕を回した。「寒いのか?」

体を擦り寄せるようにして彼女は言った。「少し。ねえ、ジェットバスのことだけど、明日発(た)つなら、もう一度ぐらい楽しまないともったいないんじゃない?」

弾(はじ)かれたようにケイレブは立ち上がった。ホットチョコレートをこぼしそうな勢いで。

「すばらしいアイデアだ。タオルを取ってくる」

12

「本当にお父さんの家へ寄らなくていいのか？」ケイレブが訊いた。

「いいの。少しでも早くアニカに会いたいし、遅刻したくないもの。カクテルドレスは荷物の中に入ってる。もしかしたら向こうでそういう店へ出かける機会があるかもしれないと思って」

二人は笑みを交わした。情熱がいったん解き放たれてしまうと、外へ食事に行くなどという世俗的な行為に割く時間は残らなかった。

「今まで生きてきた中でいちばん楽しかったな」ケイレブが言った。「まだ頭がぼうっとしてる」

「わたしもよ」ティルダも素直に言った。「アニカもこの週末はわたしがいなくても大丈夫だったみたいだし。あなたのご家族は八歳児を楽しませる方法を本当によく知ってるわ。それでもこれ以上離れてたらわたし、気が気じゃなかったと思う」

ケイレブはかぶりを振った。「ぼくたちきょうだいが子どもだった頃は、祖母があんなふうに笑うことなんてなかった」しみじみと言う。「厳しい人だったんだ。勉強でも手伝いでも、ちゃんとやらないとすごく叱られた」

「それは保護者としての責任があったからよ。ほかの誰かが枠を決めてくれさえすれば、誰だって楽しくて優しい大人になれるものなの。育てる責任がある者にそんな贅沢は許されない」

「ぼくはこれからそういうことを学ぶんだな」

「難しいレッスンじゃないわ。アニカは本当にいい子だから。賢くて面白くて。あの子相手なら、あなたもすぐに子育てのコツをつかめると思う」

「そうか。楽しみでたまらないよ」

レイクサイド・アヴェニューの自動ゲートをくぐり、やがて見えてきたケイレブの住まいはとびきりモダンな建物だった。巨大なガラスの箱がいくつも連結したようなデザインで、周囲をウッドデッキやパティオが取り囲んでいる。樹齢を重ねた大木が盾のように立ち並び、広い芝生は青々として艶やかだ。下のほうでは湖が都会の明かりを映してきらめいている。

車から降りたティルダは眼前の光景に見とれた。「すごい」思わずつぶやいていた。「こんなに素敵なところに住んでいたのね」

「最初は明るいときに見せたかった」

「明日、たっぷり見せてもらうわ。建っているのを見つけたの？　それとも注文建築？」

「六年前、ドリュー・マドックスに注文した。エヴァに広報をやってもらっていた縁で知り合ったんだ。当時のドリューはまだ、自分や知り合いの家の設計をしていたんだよ。彼の華々しいキャリアの中でそんな時期はほんのいっときだったから、ぼくは運がよかった」ケイレブは玄関のドアを開けてティルダを促した。「ルームツアーはお預けだ。いくらパーティーには少し遅れていくのが礼儀でも、これ以上遅くなるのはまずいだろう。なにしろ向こうを出たのが遅すぎた」

「それだけの価値はあったけれど」ティルダが囁いた。

遅れの原因となった出来事を二人同時に思い出したとたん、空気に火がついたかのようだった。

ケイレブは後ずさりして言った。「だめだ。そんな目で見るのはやめてくれ。さもないと会食を欠席するはめになる」

ティルダは笑った。「どこで着替えればいいか教えて。長くはかからないわ」

「ぼくの部屋へ来てくれ」ケイレブが先に立ってリビングルームへ入っていった。そこはキッチンと一続きになった広々とした空間で、大きな暖炉が存在を主張していた。「二階に仕事もできるベッドルームがあるから、そこをきみに使ってもらうつもりだが、寝るのはぼくの部屋にしてもらえたら嬉しい。アニカの部屋のことはアシスタントに頼んでおいたんだが、どうなったか見てみよう」

ロフトへ続く階段をのぼるとティルダを従えて通路を進み、ドアを押し開けて明かりをつけた。

ティルダの顔に笑みが広がった。壁の二面に細長い窓がある。天蓋付きのベッドを覆うふかふかの羽毛布団は夜空の色で、星と星雲が描かれている。積み重なる枕はどれも惑星を模したものだ。本棚と大ぶりの机、天板に傾斜がついた製図台まである。ベッドサイドのランプは月の形だが、クレーターまで忠実に再現されている。対して天井の照明は、まわりに太陽系の惑星をぶら下げた太陽だった。壁には額装された『細胞の秘密』のポスター。ヴェロニカ・モスのサインが入っている。

「ロニーは『細胞の秘密』の本もフルセット、サインして送ってくれたよ。アシスタントには、利発で科学が大好きな女の子の部屋、と注文してあったんだ。ただし、本人が埋められる余白をたっぷり残しておいてくれと。興味の対象が変わるのに応じて好きなものを選べるように」

部屋の明かりを消したティルダは、思わず笑い声をあげた。蓄光クロスの天井に星空が広がっている。「見て！」

ケイレブが後ろから腰に腕を回してきた。「気に入ってもらえてよかった。しかし、そろそろ……」

「はいはい、わかってます。急がないとね」

ケイレブのベッドルームもたいそう広く、美しかった。竹の床の柔らかな艶と、大きな円形ラグの模様とがしっくり調和している。キングサイズのベッドのそばに、ソファと二脚のアームチェア。縦型のウッドブラインドがかかる大きな窓から、湖を望むテラスへ出られるようになっている。

「バスルームはその先だ」ケイレブが指し示した。「遠慮なく何でも使ってくれ」

シャワーを浴びたあと、ティルダは腿までの黒いレースのストッキングを穿いてドレスを着た。漆黒のビーズがちりばめられた深紅のドレスは、バイアスカットのスカートがチューリップラインで、歩くとくるぶしまわりでビーズのフリンジが揺れる。パンプスはアンクルストラップ付きの黒のベルベット。フォーマルなアップに結い上げた髪に、黒いクリスタルビーズがふんだんにあしらわれたコームを差す。

それから二分でメイクを仕上げた。真っ赤な口紅、アイライナー、マスカラ。海辺でほどよく日焼けした肌に色をのせる必要はない。黒いクリスタルのドロップピアスをつけて、支度は終わった。

ティルダがバスルームから出ると、ケイレブはエレガントなブラックスーツとグレーのシルクシャツに着替え終えていた。ネクタイは締めていない。彼は目を丸くしてティルダを上から下まで眺めた。

「場違いじゃないかしら?」

「すばらしい。ただ、そのヘアスタイルは闘いに行くとき用だな」

ティルダは髪に手をやった。「お気に召さない?」

「下ろしてるのが好きだ」ケイレブは認めた。「だけど、それもセクシーだよ。ピンをはずすのがぼくだとわかっているから。その髪が、この指に絡んで……」

深く響く彼の声は、敏感になっているティルダの神経を優しく愛撫(あいぶ)した。ティルダは黒いビーズ飾りのついたショールを羽織って言った。「さて、闘いに赴きましょうか?」

ケイレブが肩をすくめた。「勘弁してほしいね」

ジェロームが暮らす豪邸はクイーン・アン・ヒルにあった。もともとは十九世紀の材木王から娘へ贈られた結婚祝いだったと、ケイレブから聞いている。

ベル・エポックのシャンデリアが輝く玄関ホールへ足を踏み入れたとたん、よく知っている歓声がティルダの耳に届いた。アニカが走ってくる。マディ、ロニー、エレインもやってきた。

ティルダは床に膝をついて娘を抱きしめた。「会いたかったわ、ベイビー」

「あたしも」にこにこ笑ってアニカが言った。ひらひらしたピンクのドレスを着て、髪を細かくカールさせている。

「ティルダ！　まああなた、なんてきれいなの」エレインは言い、ケイレブを眺めまわすとさらに笑みを大きくした。「二人とも、素敵じゃないの。いい色に焼けてるわ。海は楽しかった？」

「最高でした」ティルダは答えた。「何もかも、すばらしかったです」

「あたしも最高に楽しかったよ、ママ！　ロニーもマディもばばさまも、すっごく優しいの！」

「よくしてもらったのね、アニカ。ママもとっても嬉しいわ」ティルダは感謝を込めて三人に微笑(ほほえ)みかけた。

「だけどやっぱりママが帰ってきてくれてよかった」アニカはティルダの腰に抱きつき、腕に力を込めた。「ママも一緒のほうがいいもん」そして母親から離れると、ケイレブをハグした。ためらいがちではあったけれど、今度はケイレブがハグを返せるぐらいには長かった。女性陣が嬉しそうに顔を見合わせている。

ジェロームは素っ気ない物腰でティルダを出迎えた。七十近い人にしては、すらりと背が高い。顔立ちは端整で、豊かな銀髪と、しっかりした骨格の持ち主だった。ケイレブがこれぐらいの年になればこんなふうかもしれないとティルダは思った。もちろん、ここまで無愛想ではないだろうけれど。ケイレブと挨拶を交わすジェロームは、ティルダのときよりさらに冷ややかだった。

ロニーに紹介された彼女のフィアンセは、長身に高そうな服をまとい、モデルばりにマントルピースに肘をのせていた。

「ティルダ、彼がジャレスよ」ロニーは言った。「ジャレス、こちらはわたしの新しい親戚、ティルダ・ライリー」

ジャレスの白い歯が、入念に手入れされた髭の中できらりと光った。「はじめまして、ティルダ。可愛いお嬢さんといろいろお話しさせてもらいましたよ。『細胞の秘密』がターゲットとしているのはまさにああいうお子さんなんです、実に有意義な時間を過ごせました」

アニカがティルダの手を引っ張った。「ママ、ママ! ジェロームおじさんの書斎を見て！　すごくおっきいんだから！　おじさんは本をいっぱい集めててね、上のほうの本を取るための脚立まであるんだよ。『美女と野獣』の図書室みたいなの！」

「ほんとに？」ティルダは笑い、ロニーと目が合うと言った。「わたしたち、野獣のあの図書室は最高よねっていつも話してるの。見せてもらってもかまわない？」

「もちろんよ」ロニーは言い、ジャレスに向かって微笑んだ。「ちょっと行ってくるわね」

マディとエレイン相手にブレイカーズ・ベイの話をしているケイレブから離れ、ティルダはロニーの後ろをついていった。アニカは先に立って走りだしている。通る部屋すべてが博物館のようだった。貴重な十九世紀のアンティークや巨大なフラワーアレンジメント、目を瞠るばかりの美術工芸品や彫刻作品などがそこかしこに飾られている。

書斎へ足を踏み入れたティルダは、呆気にとられた。野獣のお城の図書室には及ばないにしても、壮観だった。いや、映画のセットではないぶん、こちらのほうが上かもしれない。天井ははるかに高い。片側の壁際に並ぶ書棚のあいだにステンドグラスの窓が見え、正面の暖炉の上方には、ひときわ大きな家族写真が掲げられている。真ん中の椅子に座っているのは、一九五〇年代と思しき服装をした男性。幼児を抱いた妻がその後ろに立ち、十歳ぐらいの男の子がかたわらに立っている。書棚やステンドグラスと向かい合う壁にもポートレートがたくさん飾られていた。

ティルダはそれらを見ながら尋ねた。「ここはモス家の写真ギャラリー？」

「ええ。暖炉の上のあれは、祖父のホレスと祖母のモード、伯父と父。大きいほうの子がバートラム伯父さま——亡くなったエレインの旦那さまで、抱っこされてるのが父ジェロームよ。そして、こっちは……」ロニーはティルダを従えて奥へ進んだ。「大学を卒業したときの伯父さま。父によく似てるでしょう？」

「みんな黒い髪なのね」ティルダは飾られている写真を見回した。「あなたはそのとびきり素敵な赤い髪を誰から受け継いだの？　お母さま？」

ロニーはためらいがちに微笑んだ。「ええ、母は赤い髪をしていたわ。わたしは母にそっくりだとよく言われる」

「お母さまの写真はないの？」

「ここにはね。エレインの書斎には飾られているけれど」

ティルダは、ロニーがどことなくつらそうにしているのを感じ取った。まずい質問だったのかもしれない。「ごめんなさい。わたし——」

「ううん、いいのよ。気にしないで」ロニーが笑った。「話せば長いの、いろいろあってね。いつか教えるわ。二人きりのとき、お酒でも飲みながら。でも、今夜は無理ね」

「ええ。困らせるようなことを訊いてしまってごめんなさい。それにしてもこの部屋、すばらしいわね」

「でしょう？　子どもの頃、この書斎が心のよりどころだったの。家中でいちばん好きな場所だった」

「ああ、いたいた！　問題発生だ。すぐに来てくれ」

二人は振り向いた。ジャレスがせかせかとやってくる。

「どうしたの？」ロニーが尋ねた。

「お父さんのいつものあれが始まったんだ。きみの前菜のつくり方がどうのと言って怒ってる。すぐに呼んでくるよう言いつかったんだ。なんとかしてもらわないと困るよ。すみませんね、お話中だったのに」ジャレスはティルダに向かって白い歯を見せた。

「ごめんなさい」ロニーも言う。「いいかしら？」

「もちろんよ」ティルダが答えたときにはもう、ロニーはジャレスに引っ張られるようにして部屋を出ていくところだった。

ジャレスのあとからやってきたエレインも、ティルダと並んで二人を見送った。

「気に入らないわね」エレインはそう言った。

「何がですか？」

「あの言い方。ジェロームと一緒になってロニーを責めてるみたいじゃないの。たまたま今の問題は前菜みたいなつまらないことかもしれないけれど、これはよくない兆候だわ」

「彼のこと、お嫌いなんですか？」

エレインは咳払いをした。「嫌いというわけじゃないわ。まあ、文句のつけようはないわね。見た目はいい、弁が立つ、仕事ができる、財産もある。でもね、何と言えばいいのかしら。ロニーみたいな女性と一緒になれる幸運をにわかには信じられない、そんな人であってほしかったのよ。自分は彼女にふさわしい男なのかと、みずからを省みる謙虚さを持った人」そこで柔らかく微笑み、夫の写真を見上げる。「バートラムはそういう人だった。そしてわたしも彼に対して、そうだった。五十二年間、ずっと」

「すばらしいです」ティルダは言った。「お二人とも、お幸せでしたね」

「ええ、すばらしかったわ。そして、とても幸せだった」エレインはうなずいた。「ジャレスはロニーとの結婚を当然のことのように思っている。むしろ、彼女のほうこそ自分と結婚できてラッキーだぐらいに思っているんじゃないかしら。どれほど貴重な宝を手に入れたか、まったくわかっていないのよ。歴史は繰り返すわね」エレインは悲しげに写真を見つめるばかりだ。

「ジェロームが彼を気に入っているのがせめてもの救いよ」ひとりごとのようにエレイン

はつぶやいた。「ジェロームのお眼鏡にかなう相手をロニーはよくぞ見つけたものだわ。あの子はかわいそうに、小さい頃から父親を喜ばせようと一生懸命だった。なのにいつだって責められるのよ、身代わりとして」

「誰の身代わりですか？」ティルダは思わず尋ねた。

エレインは手を振って言った。「あら、わたしったら、おしゃべりが過ぎたようね。家族の写真を見るといつもそう。歩んできた道をふらふら戻りはじめて、迷子になってしまう。ああ、ほら、これが娘のスザンナよ。同じ写真をわたしの書斎にも飾ってあるの。わたしのいちばん好きな写真」

見上げたティルダは息をのんだ。

大判の写真だった。陰影のくっきりしたモノクロ写真。写っているのは若くてきれいな女性だ。ほっそりとした体にミニ丈の白いドレスを着てブランコに座り、小さな笑みを顔に浮かべている。

アニカ。いや、十年後のアニカが、ここにいる。

「驚くでしょう？」

「信じられません」ティルダは囁いた。「背筋がぞくっとしました」

「そうなのよ。こっちに座りましょう」エレインはティルダを革張りのソファへ誘い、並んで腰を下ろすとバッグから封筒を取りだした。逆さにして振り、数枚の写真をティルダの手のひらにのせる。「今のアニカと同じ年頃のを選んできたの。どれほど似ているか、よくわかると思って」

そのとおりだった。ティルダは胸を高鳴らせながら写真をめくった。「アニカ本人だと言われても信じてしまいそうです。ヘアスタイルと着ているものが違うだけ。アニカがタイムスリップしたみたい」

「エヴァ・マドックスの婚約パーティーで初めてアニカを見たときのわたしの気持ち、わかるでしょう?　頭がくらくらしたわ。腰を下ろして強いお酒を飲まずにいられなかった」

エレインのその反応の裏にあるはずの深い悲しみを思うと、ティルダは胸が苦しくなった。想像するのも恐ろしい。親にとって最大の悪夢だ。わが子に先立たれるなんて。

ティルダはとっさにエレインの手を取り、固く握った。「今はアニカがそばにいます。あの子の存在が少しでもあなたの慰めになれば、わたしも嬉しいです」

エレインは顔を背けるとティッシュで目元を押さえた。「本当にね。あの子は神さまからの贈りものよ。言葉では表せないぐらいありがたいと思っているわ」

マディとアニカが入り口に顔を覗(のぞ)かせた。「お食事が始まりますよ!」アニカが高らかに言う。「二人を呼んできてって頼まれたの！」

ティルダとエレインは笑い合い、エレインが写真を片付けた。

会食はなごやかに進んだ。ジェロームは眉間に皺を寄せたままだったが、エレインの朗らかさと気遣いのおかげで若いモスたちの会話は弾み、話題のひとつひとつにアニカも口を挟んだ。まだ幼く、しかも新入りであることを考えれば、それはたぶん出すぎた態度だろうとティルダは思った。けれど、新しい曾祖母と大甘な叔母たちとこの週末をのびのび過ごした八歳児に、それを理解しろというのは無理がある。アニカが悪いわけではないのだ。

食事がひととおり終わったところで、ジャレスがデザートワインを手に立ち上がった。スプーンでグラスを叩いて彼は言った。「皆さん！　すでにご存じのこととは思いますが、このたびヴェロニカとぼくは正式に婚約いたしました。ほら、皆さんにお見せして、ロニー！」

ロニーが手の甲をみんなのほうへ向けると、スクエアカットの大粒ダイヤがキャンドルの明かりを受けてまばゆくきらめいた。

「誉れ高いモス家とこのようなご縁で結ばれること、ぼくは非常に嬉しく思っています」

ジャレスはよどみなく続けた。「皆さん、どの方も恐るべき才能の持ち主です。束になればすさまじい力だ。今後はぼくもその一翼を担わせていただけることとなり、恐れ多くも光栄であります」

一同が乾杯し、グラスに口をつけ、拍手をした。

「そしてまた」ジャレスの弁舌はますますなめらかになる。「モス家の女性の美しさは世に轟き渡っています。その中の一人を連れて歩けるとは男冥利に尽きるというものであります」

「えー?」アニカが声をあげた。「違うでしょ。ロニーがあなたを連れて歩くのよね」

全員がぎょっとしてアニカを見た。

「うん?」ジャレスが聞き返す。

アニカが肩をすくめる。「だってロニーはテレビスターだもん」

「アニカ!」ティルダは小声で娘をたしなめた。「あなたは黙ってて」

「いやいや」ジャレスがすぐに言った。「まったくアニカの言うとおりだ。ロニーはスターですからね。輝く星を手に入れられて、ぼくは誇らしいよ。では皆さん、乾杯!」

乾杯、とみんなが声をあげ、グラスが打ち合わされた。

直後、ジェロームが荒々しくグラスを置いた。「子どもの躾け方も昔とはずいぶん変わったものだな。わたしはディナーのテーブルには決して子どもをつかせなかった。子どもは寝ている時間だ。大人の話に口出しするなど、考えられん」

ティルダは黙っていられなかった。「アニカが自分の意見を表明できる子でよかったと思っています。人として大切なことですから」

「八歳だからって、意見がないわけじゃないもん」アニカが言った。

「その先どうなるか、いい例が目の前にいるな」ジェロームが唇を歪めた。

「お父さんはわたしが意見を言うのも嫌うわよね」ロニーの大きな声が響いた。「わたしは二十九歳なんだけど」

「ロニー！」ジャレスが低い声で言った。「抑えて」

ティルダはジェロームに冷ややかな笑みを向けた。「自分が本当に思っていることを言いなさいとアニカには教えています。トラブルのもとになる？　ええ、なるかもしれません。それでもそうする意味があるか？　ええ、あると信じています」

「それについては、きみの前途は多難だと予言しておこう。わが一族の一員となる以上、進歩的な子育て方針は変更してもらう必要がありそうだ」

「いいえ、その必要はありません」ケイレブが言った。「ぼくは彼女の方針に賛成です。アニカの考えや意見を尊重したい。そして、いじめっ子には断固立ち向かえと教えるつもりです」

全員が息を凝らした。

ジェロームが立ち上がる。

「お父さん、お願い。怒らないで」ロニーが懇願した。

「いじめっ子？」ジェロームはケイレブのほうを向いた。「それはわたしのことか？」

「やめて、ジェローム。みんな困っているじゃないの」エレインがぴしりと言った。

「どの口が言うか。わたしがモステックを乗っ取るなどという予想図を盾に、孫息子に結婚を強いたのはどこの誰だった？　実に愚か、かつ唾棄すべき行為だ」

エレインがため息をついた。「またその話。ジェローム、あなたは誤解して――」

「そして、おまえ！」ジェロームはケイレブを指さした。「聞けばすでに式を執り行ったというではないか。わたしが招かれなかったとは遺憾きわまりない」

「ぼくのオフィスで書類にサインをしただけです」

「もういい。おまえの無礼に今さら驚きはしない」

「いいかげんにして、お父さん！」ロニーがいきなり立ち上がった。はずみでテーブルが揺れ、ワイングラスが倒れた。うわっとジャレスが声をあげて椅子を引き、ズボンについた染みをナプキンで叩く。

「ロニー！」ジャレスは声を険しくした。「時と場所をわきまえないと！」

「じゃあ、悪いのはわたし？」

「ロニー──」

「そうね、お父さんにこの集まりを台無しにされる可能性に思い至らなかったわたしが悪いのかもね」ロニーはジェロームのほうを向いて言った。「わたしはただ、フィアンセにわたしの家族を知ってほしかっただけ。たった二時間ぐらい、どうして穏やかでいられないの、お父さん？　あたりさわりのない世間話をして軽く食べて飲んで、最後に新しいカップルの幸せを願ってみんなで乾杯。そのあとはいつもの非難がましいお父さんに戻ってくれてかまわなかった。いつもみたいにわたしに難癖をつけてくれてかまわなかった。いくらお父さんでも、みんなが、ジャレスが、ここにいるあいだぐらいは普通にしていてくれるだろうと思っていたのよ。期待しすぎたわ──またしても」

「ロニー、ますます事態を悪くしてどうするんだ！」ジャレスが言った。

「これ以上悪くなりようがないもの」そう言い返すと、ロニーは憤然とダイニングルームから出ていった。

ジャレスが膝の染みを叩きながら立ち上がった。「すみません。彼女に代わってぼくからお詫びします」

「謝る必要はないでしょう」ケイレブが言った。そそくさとロニーのあとを追うジャレスの背中に向かって、さらに言う。「少なくともロニーは」

ジェロームがエレインを睨みつけ、またわめきだした。「きみもきみだ！　ライリー・バイオジェンの買収計画をよくも滅茶苦茶にしてくれたな。わたしの苦労を、いともあっさりと」

「わたしからの同情は期待しないでください」ティルダは言った。「ライリー・バイオジェンは父の命そのものなんです」

ジェロームは鼻で笑った。「青臭いことを。ビジネスに私情を挟むものじゃない」

「わたしにとっては大いに個人的な問題です」

「なるほど、きみがしたことを思えば、そうかもしれんな。父親の会社を救うために身売りまでした。いつもそういう手を使うのか？」

「ジェローム！」エレインの声が響き渡った。「ティルダはケイレブの子どもを産んだ人よ。敬意を払ってもらわないと困ります」

「ああ、大事な大事な曾孫だったな。しかし本当にそうなのか？　頭から信じるのか？」

「これ以上アニカにかまわないでいただきたい」ケイレブが警告するような口調で言った。

「アニカに話しかけるのも、アニカを話題にするのも、やめてください」

「あなたはスザンナの顔を覚えていないのね、ジェローム」エレインの声は低く、悲しげだった。「驚くべきことじゃないとわかってはいても、やっぱり驚かずにいられないわ」

「スザンナが何の関係がある」ジェロームはがなり立てた。「女はこれだから困る。わけのわからんことを！」

エレインがティルダのほうを向いた。「おかしなことを言う人だと思うでしょう。だけど彼、あなたという人を責めてるわけじゃないのよ。ジェロームはね、女はみんな企みを持った嘘つきだと思い込んでいるの。女という女は、一人残らず」

「大叔父さんがどんな心理的問題を抱えていようが、ぼくには関係ありません」ケイレブがジェロームに言った。「とにかくアニカの前でこういう振る舞いをするのはやめてもらいたい。ティルダの前でも」

「あたしは赤ちゃんじゃないわ、パパ」アニカが口を開いた。「自分でなんとかできるから心配しないで」

誰もが驚き、一瞬言葉を失った。それまで眉間に皺を寄せていたエレインが相好を崩す。

「今、パパって言った？　まあまあ、なんて可愛らしいんでしょう」

だがジェロームの攻撃はまだ終わりではなかった。「わたしのことは放っておいてもらおうか、エレイン。きみはバートラムと結婚して以来、わたしに喧嘩をふっかけつづけている」

「あなたの暴走を止めようとしてきただけでしょう！　とりわけこの二十三年は、あなたに癇癪を起こされてばかり。もう、うんざりよ」

「わたしはモステックの株を使って人を好きに操ったことはない」

エレインはため息をついた。「わたしは将来を考えて判断しているの、ジェローム。ところがあなたは過去にとらわれている。過去の罪のためにわたしたちみんな、あなたに懲らしめられているんだわ」

「黙れ！　聖人ぶるんじゃない！　女など、みな——」

「やめて！」アニカがさっと立ち上がった。唇を震わせている。「おじさんはタイムを取って！」

マディが囁くように言った。「タイム。そうよ、それよ。すごくいい考えだわ」

アニカがケイレブの手を握った。続いてティルダの手を。「ママ？　パパ？　あたし、もう帰りたい」

「そうしましょう」ティルダが言った。「それじゃ皆さん、おやすみなさい。この子がこう言っていますので」

13

声高に不平を鳴らす人たちを振り返らず、さっさと三人でダイニングルームを後にした。玄関ホールに置いてあったアニカのスーツケースとチャイルドシートをケイレブが抱え、足早に彼の車へ向かう。

ケイレブはチャイルドシートを取りつけると、座ってベルトを締めるアニカに手を貸した。アニカは神経が高ぶっているのか、震えていた。

ケイレブは彼女の頭のてっぺんにキスをして、優しく声をかけた。「ねえアニカ。さっきはぼくたちを助けてくれてありがとう。すごく勇気がいっただろう。ジェロームは怒ると怖いからね」

「どうしてあの人はあんなに意地悪なの?」声も震えている。

「説明するのは難しいけど」ケイレブは言った。「でも、ぼくたちに怒ってるんじゃないと思うよ。だって、うんと昔からあんなふうなんだ。たまたま今日は近くにぼくたちがいたというだけで」

「ロニーがかわいそう。ロニーはいつも近くにいたんでしょ？　小さいときから。たぶん、しょっちゅう怒られてたんじゃないかな」

「うん」ケイレブはうなずいた。「たぶんね」

ケイレブは運転席に乗り込み、車を発進させた。ゲートをくぐるとき、ティルダがこちらへ手を伸ばして膝をそっと叩(たた)いた。

「アニカを共同戦線に仲間入りさせてくれてありがとう。なかなかいい気分だったわ」

「ぼくたちにはアニカが必要だな。まさに秘密兵器の登場って感じだった」

「ほんと？」後ろでアニカが声を弾ませた。

「だけどちょっと前に出すぎだったかな」ティルダがやんわりとたしなめた。「またあの人たちが喧嘩(けんか)を始めたら、今度は黙って見守っていてね」

「でも、ママはおじさんにいろいろ言ってたよね。あと、パパも」

「ママたちは大人だもの。大人には大人のルールがあるの」

「そんなの不公平！」

「そうね、不公平ね。それでもそういうものなのよ」

興奮気味のアニカのおしゃべりはすぐにはやまなかったが、週末の遊び疲れと今夜の緊張とで、もう限界だったのだろう。五分もたたないうちに寝息をたてはじめた。

ハイウェイに入るとケイレブはティルダの手を握った。ケイレブには、二人のあいだの見えない扉が開いたように感じられた。気のせいだろうか？　九年前に大きな間違いを犯して痛い目に遭っている。同じ轍を踏むわけにはいかない。

それでも、今の気持ちに従いたかった。どんな結果が待っていようとも。

家へ帰り着くとティルダに鍵を渡し、アニカのスーツケースも任せて、寝入った少女を抱えあげた。解錠のための暗証番号を告げ、一緒に階段を上がる。

部屋のドアを開けたティルダが月のランプを灯した。最も暗い設定にするとほのかな三日月が浮かび上がる。彼女は羽毛布団をめくり、アニカのピンクのバレエシューズを脱がせ、ケイレブが横たえた娘の体をそっと布団でくるんだ。

「パジャマに着替えさせなくていいのかい？」

「今夜はいいわ」ティルダが囁き返した。「柔らかくてストレッチが効いてるドレスだから。着心地は寝間着と変わらないでしょう」

そのときアニカのまつげが揺れ、まぶたが開いた。きょろきょろと視線を巡らせた彼女は、月のランプと夜空の模様の布団を見ると眠たげな笑みを浮かべた。「ここ、どこ？」

「ケイレブのおうち。あなたのお部屋よ」

「素敵」

「ね。でも探検は明日のお楽しみ。今日はもうおやすみなさい、ベイビー」

アニカはうなずき、枕に頬を擦り寄せたが、腕を伸ばしてケイレブの手を握ると囁いた。

「ねえパパ、どうしてジェロームおじさんは誰にでも腹を立てるの？」

真っ向からの問いにどう答えるべきか、ケイレブは考えた。「うんと昔、心に深い傷を負ったんだ。それがまだ治っていないんだね」

「おじさんを傷つけた相手と話し合えばいいじゃない？　そうしなさいって、ママはいつもあたしに言うよ？」

「それができないんだ。そのチャンスが来る前に相手が死んでしまったから。とても悲しい話なんだよ」

「そうだったんだ」アニカの口調がしんみりしたものになった。「だったらかわいそうかも。だけどロニーを泣かせたよね」

「うん、泣かせたね」ケイレブはそっと言った。「でも心配はいらない。あのおじさんにはめったに会うことはないから」

アニカはこっくりうなずくと、両腕をティルダのほうへ伸ばした。母親とのハグが終わると、少しためらってからその腕を今度はケイレブに向けた。

不意打ちだった。アニカを抱き寄せた瞬間、ケイレブの胸に嬉しさがあふれた。まるで鳥の群れがいっせいに飛び立ったかのようだった。

二人で部屋を出ると、ティルダはアニカに投げキスをして、ドアを開けたまま歩きだした。

「そのうち、ちゃんと聞かせてもらわなきゃ」ティルダが小声で言った。「ジェロームとロニーのお母さまの話。みんな核心に触れるのを避けてるみたい。それとなくほのめかすばかりで」

「うん、話す。でも、今夜は無理だ。ジェロームに一日分のエネルギーを吸い取られてしまった」

「わかるわ」

「少し飲む？」

ティルダは首を振った。「ありがとう。でも今は一刻も早くこの窮屈な靴を脱ぎたい」

ケイレブはセクシーなパンプスに目をやった。「じゃあ、こっちだ」先に立って廊下を進み、自室のドアを開ける。「でも残念だな。とても素敵なのに」

ティルダはベッドに腰を下ろすとストラップをはずしはじめた。「見た目はね。でもセクシーな靴を履くのは、悪魔との取り引きみたいなものなの」

ケイレブはベッドサイドのランプをつけた。金色を帯びた柔らかな光の中でひざまずき、ティルダの手をそっと押しやって代わりにバックルをはずす。「ぼくのウォークインクローゼットの隣にもうひとつ同じものがあるから、そこをきみのにしよう」

ティルダは笑った。「カップルそれぞれのウォークインクローゼット？　なんて贅沢なの。それに、やっぱり先を読む人なのね」

「考えたのはドリュー・マドックスだ」靴を脱がせながらケイレブは言った。「ぼく一人じゃ思いつきもしなかった。ドリューに感謝しないと」きれいなアーチを持つ華奢な足をケイレブは両手で包み込んだ。手のたこが、ストッキングの薄い生地を引っかけそうになる。マッサージを始めると、ドレスの裾のビーズがシャラシャラとシャツのカフスを撫でた。

ティルダがベッドの端をつかんで深々と息を吐いた。「すごく上手」

「きみのためならがんばれる」

ティルダが腕を伸ばし、両手でケイレブの顔を包んだ。指先が頬骨をなぞり、顎へと下りていく。

ケイレブは顔の向きを変えるとティルダの手に唇を押し当てた。それから上体を傾け、彼女の腿にキスをした。温かい肌とのあいだにビーズ付きの生地というバリアがあったが、急いではならない。両手をふくらはぎに沿ってゆっくりと上下させる。揺れるビーズが腕にまとわりつく。

ようやくドレスの裾を持ち上げると、まず膝があらわになった。奥にレースのガーターが見える。神秘的な暗がりと体の発する熱がケイレブを呼んでいるかのようだった。白い腿にビーズのフリンジがまとわりついている。

さらに裾を押し上げると、指先がレースの下着に届いた。繊細な筆さばきを見せる画家さながらに、ケイレブは慎重にその指を操った。ゆっくりと、焦らすように、ティルダの敏感な部分を撫でさする。

ティルダが肩を両手でつかんできた。シャツに指が食い込む。「ケイレブ」その声はかすれていた。「ねえ」

「もっとか？」ケイレブは彼女の腿にキスをした。まず左に、それから右に。そのあいだも指先は下着越しに柔らかな襞をまさぐる。自身を焦がす激しい欲望は押しとどめた。まだだ――まだ早い。

「その気にさせるのが上手すぎる。悪い人」ティルダは囁いた。「ちょっと待ってて。どこにも行かないでね」

ティルダは彼をそっと押しやると、足音をたてずに部屋の入り口へ行った。ドアを開けて外の様子をうかがい、また閉める。そして鍵をかけた。

ドレッサーの前でピアスをはずしたティルダは、続いてコームを抜き取った。ケイレブは後ろから近づき、彼女がピンを抜いていく様子を見守った。結い上げられていた髪が背中に落ちる。

彼女が頭を一振りすると、髪は肩のまわりにふわりと広がり、波打つ金のケープになった。誘うようなまなざしと魅惑的な微笑に力を得て、ケイレブは豊かな髪に両手を差し入れた。熱く、なめらかで、それは得も言われぬ手触りだった。

「今夜はすまなかった。モス家の印象は最悪だっただろう。もしあれがテストだったら、ぼくたちは不合格だ。きみと結婚したあとでよかったよ」

ティルダが硬い笑みを浮かべた。「気難しいおじさんって、身内に必ず一人はいるものじゃない?」

「気難しさのレベルがモス家の場合は段違いなんだ」

ティルダが声をたてて笑った。「うちと比べるのはフェアじゃないわよ。身内の数が違いすぎるんだから」

「きみはラッキーだよ」言葉に実感がこもった。

「それにしてもロニーが気の毒。フィアンセが恐れをなして逃げだしたりしないといいわね」

　ケイレブは唸った。「さあ、どうかな」

「なんだか、そうなればいいと思ってるみたいに聞こえるけど。あなたといいエレインといい、彼の何が気に入らないの？」

「アニカの言葉は図星を指していた。ジャレスが愛しているのは彼自身だ。ロニーはとても太刀打ちできない」

「彼女はあなたにとってきょうだいみたいなものでしょう？　大事な女性にはどんな男も釣り合わないと感じてしまうんだわ」ティルダはからかうような目でちらりと見上げた。

「父に訊いてごらんなさい」

「怖くて訊けないよ」ケイレブはティルダの髪に鼻先を埋めた。肩に預けられた彼女の柔らかさと温かさが心地よかった。

「公平に言えば、ジェロームを怒らせたのはアニカとわたしだわ。導火線に火をつけたのは」

「きみたちがつけなくても、あの人は自分で火をつけたさ。喧嘩したくてうずうずしていたんだ。予測しておくべきだったよ。きみとアニカを近づけるんじゃなかった」

「わたしたちはそんなにやわじゃない。心配しないで」

「でもぼくは自分に関して、新たな驚くべき発見をした」

「何?」

「一歩も引かないきみを見ていると興奮するんだ。ものすごく」

ティルダが笑い声をあげた。「こっちはあんなにハラハラしてたのに。わたしのせいでこの家族が分裂しちゃうんじゃないかって」

「胸が躍ったよ。大暴れするワンダーウーマンを見ているようだった」

ティルダが首をひねってケイレブを見上げた。その目は笑っていなかった。「大暴れできたのは秘密のお守りを持っていたから。すごい力を授けてくれるお守り」

「お守り?」

ティルダはくるりとこちらを向くと、両手をケイレブの胸に置いて目を覗き込んだ。

「わたしたちの共同戦線。強い人が後ろにいてくれると、どんな敵にも立ち向かえるわ」

ティルダの言葉はレーザー光線のようにケイレブを貫いた。目もくらむような真実が、力が、そこには宿っていた。この魔法は本物かもしれない。その可能性を思うと体が震え、息が止まりそうだった。

気がつくとキスが始まっていた。情熱的なキスだった。もうケイレブは欲望の渦に身を委ねるしかなかった。ティルダの唇を貪り、しなやかに弾む体をまさぐって、ドレスのファスナーを探し当てるとそれを下ろした。震える手で袖を腕から引き下ろし、身頃を胸から剥ぐ。

豊かな乳房は黒いレースに包まれ、いっそう白くみずみずしく見えた。ビーズのフリンジの重みを受け、ドレスが小さく音をたてて床に落ちた。ケイレブは口を開かなかった。まともにしゃべれるわけがなかった。黙ってキスをしているほうがいい。

ティルダがシャツのボタンをはずすのに難儀していても、ケイレブはキスをやめられなかった。しまいにティルダは焦れたような呻(うめ)きを漏らして彼の腕を押しやった。

「このカフスボタンをなんとかして」命令口調だった。

喜んで。一刻も早く腕の中に彼女を感じたい。肌と肌を合わせたい。ケイレブは靴と靴下を脱ぎ捨てた。体を絡ませ合うようにして、彼女の手はベルトをまさぐっていた。

ティルダは彼のズボンと下着をいっぺんに下ろした。それをケイレブが足首から振り落とす。残るは彼女の黒いブラジャーとショーツだけになったが、それも瞬く間に剥ぎ取られた。

そして腿までのストッキングだけが残った。ケイレブは彼女の体を鏡のほうへ向けた。

「きれいだ……とても」

金色の髪を片側へ寄せてうなじに唇をつけると、ティルダが身を震わせた。軽く足を開かせ、より濃い金色をした小さな茂みに手をあてる。首筋に唇を這わせながら、催眠術をかけるかのように、ごくゆっくりと手を動かす。やがて指先は秘密の襞に分け入り、熱い蜜を探り当てた。道のりに時間をかければかけるだけ、得られる実りは豊潤だった。

腕の中でティルダが身をこわばらせ、細く小さく叫んだ。快感の波に揺蕩い溺れるティルダ。何度でも見たい、いつまでも見ていたいとケイレブは思った。残りの人生、ただただ彼女をよろこばせることに捧げたっていい。目もくらむような快楽を共に追い求めて。

まぶたを閉じたまま、ティルダが後ろへ手を回してそそり立つものを握った。鏡の中で二人は見つめ合った。彼女の瞳は夢見るように潤み、赤らんだ唇はうっすら開かれている。

「ベッドへ」彼女はそう囁いた。

望むところだ。ベッドに上がったティルダが、上掛けを剥ぐため向こう側へ身をかがめた。たまらずケイレブは唸り声を漏らした。

ティルダが肩越しに彼を見た。乱れた髪のあいだで瞳が淫らに光っている。「気に入った？　この眺め」

しゃべろうとしても、うなずくことしかできなかった。陰影に富む曲線を見せつけるティルダを、ただただ見つめた。

見事なヒップに手を伸ばし、撫でさする。「きみも高ぶっている」

「あなただからよ。あなただからいいの。どうするのが好きとかじゃなく」

彼女の優しさが嬉しく、美しさがまぶしかった。極上の光景の隅々まで、視線で愛撫するかのようにケイレブは眺めまわした。背中、背骨の形、腰の下のふたつのくぼみ。淡い光の中で真珠の輝きを放つ優美な曲線。密やかな陰。神秘的な微笑が牽引チェーンのようにケイレブを強く引き寄せる。

手を彼女の最も敏感な部分へ滑らせ、珠玉の深みへ自身を沈め……幕が上がった。ああ、この世にこれほどのよろこびがあったなんて。この濡れ方、締まり方はどうだろう。一突きごとに快感は高まり、果てがなかった。

永遠に続けたかった。繰り返し何度でも彼女を頂上に導きたかった。だがひとつになった肉体はもはや制御不能に陥っていた。ケイレブが深々と突くたび、ティルダが激しく腰を揺すり上げる。

先に昇りつめたのは彼女だった。そのオーガズムの力強い律動はすぐさまケイレブを道連れにした。すさまじい快感が体を駆け抜けたと思った次の瞬間、世界が粉微塵になった。

しばらくしてケイレブは、熱い繋がりをしぶしぶほどいてベッドに横たわった。

隣にぴたりとティルダが寄り添った。けれどすぐに名残惜しげなため息をつき、短いキスをしてつぶやいた。「ちょっと失礼するわね」

「うん?」ケイレブはわけがわからず頭をもたげた。「どうした?」

「どうもしないわ」ティルダはするりとベッドから出るとストッキングを脱ぎ、拾い上げたドレスと一緒に椅子の背にかけた。スーツケースをごそごそ探り、バスルームへ向かう。片手にポーチ、もう片方の手にパジャマを持って。

数分後、かぐわしい湯気に包まれたバスルームから、グレーのショートパンツとキャミソールを着て彼女が出てきた。「あなたのパジャマはどこにしまってあるの?」

「左側のクローゼットのドレッサー。二段目の引き出しだが。どうして?」

クローゼットへ消えたティルダはパジャマを持って出てくると、ケイレブに向けて放った。

「え?」

「裸で眠る日々は終わったのよ。少なくともアニカがここにいるときは、だめ」

「ドアに鍵をかけても?」

「鍵はかけたくないわ。ここはあの子にとって知らない家で、とくに今夜はあんなことがあったんだもの。夜中に目を覚まして怖がるかもしれない。だからドアは開けておかないと」

ケイレブはパジャマを着た。ティルダを抱き寄せながら、車の中で感じたのと同じことをまた感じていた。見えない扉が開く感覚。光が射してくるような、壁が崩れ落ちるような感覚。

ティルダのための場所、アニカのための場所が自分の中にできつつあるのだと思った。より大きな、より豊かなもののための場所――本当に大切なもののための場所が。

ケイレブは空を飛んでいるような気分だった。

14

ハーバート・ライリーはティーカップをソーサーに置いた。

「なるほど、〝ファー・アイ〟の今後について、おまえの考えはよくわかった。つまり、こういうことだね。一、パートナーが必要。二、巨大にして最強の相手と組めばいい。三、モステックならプロジェクトをすぐに実現してくれそうだ――それも、ほかのどんなシナリオよりも大きな規模で」彼はそこまで言って、娘の手をぽんぽんと叩（たた）いた。「自分の精神的負担とメリットを秤（はかり）にかけて検討しなさい。おまえとケイレブの距離はどんどん縮まっている。それはかまわない。しかし、この知的資産を無償でモステックに譲ってはいけない。彼らがその価値を理解して、おまえに対して相応の保障をするのでないかぎりは」

ティルダは自分の紅茶を飲み干すと、カフェのテーブルにカップを置いた。「仕事上の判断をするのに私情を絡めたりはしないわ。そんなことをしたらろくな結果にならないもの」

「そうかな？」父はいたずらっぽく片眉を上げた。「私情を絡めた判断が悪くない結果をもたらすこともあるように見受けられるがね。今みたいなおまえを見るのは何年ぶりだろう。アニカもだ。父親とうまくやっているようじゃないか」

「ええ。ケイレブも楽しんでるみたい。できすぎじゃないかと思うぐらい、いい父親よ」

「おまえたちこそ、彼には過ぎた妻子だ」苦々しげにハーバートは言った。「ケイレブがそれに気づいていればいいがね。彼はおまえの前にひざまずき、幸運を感謝してしかるべきだ」

ケイレブが自分の前でひざまずいたときのことがありありとよみがえって、ティルダの顔が熱くなった。「お行儀よくしてるわよ、彼」

ハーバートは不満げに続けた。「それならまあ、いい。うちの娘にふさわしい男がそういるとは思えないんだよ。娘だけじゃない、孫にもだ」

「今日はケイレブが学校へお迎えに行ってくれたの。二人でファーマーズマーケットへ寄って買いものするんですって。食料品店から届いた野菜は彼らのお眼鏡にかなわなかったのね。アニカはケイレブに料理を教わってるの。この前アップルクリスプをつくってくれたんだけど、すごく美味しかったわ」

「いいことだ。父と娘の絆(きずな)。すばらしいじゃないか」

「ええ。今は、今度のディナーでおじいちゃんに食べてもらう料理の練習をしてるみたいよ」

二人で店を出ると、ティルダはディナーの日時を念押ししたあと、呼んであった車に父を乗せて見送った。それから自分の車に乗り込み、わが家を目指した。

わが家。そんな言葉が浮かんだことに自分でも驚く。今までのところケイレブとの暮らしに何も問題は起きていない。二週間前にジェロームの家であんなことがあったにもかかわらず、すべてが順調だ。気軽に父をディナーに招いたりできるのがその証(あかし)。まるで、ビジネス協定のための偽装家族ではないような気がしはじめていた。本当の家族なのだと、つい思ってしまいそうになる。

ラッシュアワーのシアトルを車はのろのろ進んだ。これだけが玉に瑕(きず)だが、それ以外は、エメラルドシティと呼ばれるこの街のすべてをティルダは愛していた。ひんやりした空気も曇りがちな空も、緑と青とグレーに彩られた街の風景も。山と海と湖に囲まれているところも。

ケイレブのポルシェの隣に車をとめて家へ入った。玄関ホールでコートをかけながら目に入るのは、カラザーズ・コーヴのストリートアーティストの手になる三枚の絵だ。あのあと三人でコテージへ行った折にアニカの似顔絵も描いてもらった。額装してホールに飾ろうと言いだしたのはケイレブだった。あの週末も本当に楽しかった。二人きりのときとは違う楽しさがあった。

キッチンから、アニカの元気な声と、いい匂いが流れてくる。カレーとバターとチキンが混じり合ったような、いかにも美味しそうな匂い。ＢＧＭはムーンキャット・アンド・ザ・キンキーレディーズの最新ヒット曲だ。

ティルダはバッグを置いた。キッチンへ近づくにつれ言葉がはっきり聞こえてきた。

「……ちっとも言うこと聞いてくれないんだもん」アニカが訴えている。「ジオラマつくってて、あたしがリーダーなのね。パティはアルゼンティノサウルスを描きたくて、タイラーは体長三メートルの昆虫をつくりたいわけ。キラはいっぱい花を描きたいの。でね、プーナムがメイン担当なのね、図工が上手だから。だけど彼女、サーベルタイガーを作っちゃったんだよ！　その頃、サーベルタイガーなんてまだいないのに！　サーベルタイガーが登場するのは五千万年以上あとでしょ？　だからあたし、みんなに言ったのね。どうするの、これじゃあ、いつの時代なのかわからないよって」

「ああ、それは大変だったね」ケイレブが言う。「そっちの豆を蒸し器に入れて。ぼくからのアドバイスは、プロジェクトの前提を見直すことかな。少し手直ししてチームの誰もが楽しめるものになれば、みんなもっと一生懸命取り組むと思うよ」

「手直しって？」アニカは疑わしげだ。

「地質時代の一時期を考えていたんだよね？　確かに、それがいちばんシンプルでやりやすいけど、そうするとたくさんの興味深い植物や動物を除外しなきゃならない。だから時代の範囲を広げるんだ。みんなの好きなものを全部入れられるように、もっと長い期間を想定する」

アニカはしばらく無言だった。「うーん。どうかなあ。そうすると今より大がかりになっちゃうよね。てことは作業が増えるでしょ。とくにあたしのが。いっつも最後には、あたしがみんなを手伝うことになるんだもん」

「慣れなきゃ」ケイレブが澄まして言う。「その方法がいちばんいいと思うよ。一人一人の作業は増えるけど、プーナムのサーベルタイガー、タイラーの昆虫、ほかの子のも全部ＯＫだ。プロジェクトリーダーとしてのきみの本当の役割はジオラマを完成させることじゃない。チームの力を最大限に引きだすことなんだ」

ティルダはキッチン入り口の柱にもたれた。「さすがは一流ＣＥＯ」

ケイレブがこちらに笑顔を向け、アニカは母親に駆け寄ってハグをした。

「ただいま。すごくいい匂いがしてるわね」

「チキンのバターソースだよ！　ファーマーズマーケットで買ったライスとインゲンも茹でて、パパの特製ドレッシングをかけるの」

ケイレブがグラスにワインを注いでティルダに手渡した。「料理しながら徹底議論していたんだ。チームを率いるという厄介な問題について」

「あたし、パパに似てるみたい。お料理してるときって頭がよく働くの」鍋の中でかぐわしいソースと共に煮えるチキンを、アニカは手際よくかき混ぜた。「考えごとをするのに最高。いろんなアイデアが浮かぶんだよね」

「残念ながらママには理解できないわ」ティルダはワインをすすりながら言った。「お料理しながら考えごとなんてしたら大怪我しちゃう」

「それはママがお料理苦手だからでしょ」

「あら、気がついてた？」

「下手って意味じゃないよ」アニカは慌てて言った。「あんまり一生懸命にはやってないってだけ」

「できたよ」ケイレブが言った。「テーブルセッティングも完了。さあ、食べよう」

どれもすばらしく美味しかった。スパイシーで香り高いバターソースをまとったチキン、ふっくらとしたタイ米、軽く茹でられた新鮮なインゲン。ほどよい酸味のドレッシングは、ハーブと炒ったクルミがアクセントになっている。フルーツサラダもある。桃のアイスクリームも。助手を務めたアニカは鼻高々だ。自分は父親から料理の才能を受け継いだという考えが大いに気に入っているようだ。ケイレブとの絆を実感できるからだろう。愛する娘がケイレブに大切にされていて、彼もそれを楽しんでいる。幸せなことだと思う。怖いぐらいだ。

どうか、これができすぎた夢じゃありませんように。ティルダはそう祈った。

「ママ、今日から『細胞の秘密』のシーズン3が始まるよ！　あたし、すっごく楽しみにしてたんだ！」

「今日からだっけ？」ティルダは言った。「今度のテーマはどんな細胞？　ヒトの細胞？」

「ヒトなんてまだまだ出てこないよ。今夜はプランクトンだと思う」

「へえ。アオミドロを一時間ずっと見せられるわけ。それって面白いのかしら」

「アオミドロじゃなくて、プランクトン」むっとした口調でアニカが言う。「そもそも単細胞生物がいなかったらあたしたちは存在してないんだよ、ママ！　それにロニーの番組だもん、面白いに決まってるでしょ」

「そうね、ハニー」ティルダは娘をなだめた。「ちょっとからかっただけよ。面白いに決まってるわね」

「あと五分しかない。テレビつけなきゃ。あたし、オープニングが好きなんだよね。おっきな細胞がうようよしてて、その中の一個に自分が入ってく感じになるの。ほんとによくできてるんだよ」

アニカがテレビの部屋へ姿を消すと、ケイレブがグラスを掲げた。「情緒を解さない人だな。単細胞生物は偉大なんだぞ。彼らに敬意を表して乾杯」

ティルダは笑いながらグラスを合わせた。相手をからかい、冗談を飛ばし、食事を共にし、一緒にテレビを観る。これが家族でなくて何なのだろう、とまたしても思うのだった。

三人がテレビの前に揃った。アームチェアも複数あったが、ティルダは、ソファに座るアニカに寄り添うように腰を下ろした。アニカを挟んで反対側にケイレブが座る。

ティルダは番組を観ながら、しかし、夢の中でテレビを観ているような奇妙な感覚をぬぐえずにいた。夢ではないという確信が持てなかった。アニカに両親が揃っている。アニカを慈しみ、保護する人間が二人になった。いや、モス家の個性的な面々を勘定に入れればそれ以上だ。

喜んでいるのはアニカだけではない。ティルダ自身もだった。それでいて警戒を解くことができずにいる。無償で提供されたギフトのつもりでいたら痛い目に遭うのではないか――確保しようと手を伸ばしたら、その手をぴしゃりと打たれるのではないか、と。

でも、思い悩んでもしかたない。この日々が続くあいだは楽しめばいい。今このときだけを見つめよう。この世には永遠に続くものなどないのだから。万物は変化するのだから。

そう考えてティルダは、ロニーの番組に意識を集中させた。楽しくてためになる、上質な番組だった。ロニーも生き生きとしていて魅力的だった。

エンドロールが流れだすとティルダはアニカに言った。「寝る時間よ、ハニー」

「あと一時間、いいでしょ？　ケイリーはいつも十時半まで起きてるんだって」

「だめです。パジャマに着替えて歯を磨きなさい。すぐにママもおやすみを言いに行くから」

「おやすみ、アニカ」ケイレブが彼女の頬にキスをした。「今日はスー・シェフを務めてくれてありがとう」

「明日、新しいジオラマのこと、相談にのってくれる？」

「喜んで」

アニカがいなくなると、ティルダはソファのそばに置いてあったバッグからパソコンを出した。ケイレブの隣に座ってリモコンに手を伸ばし、テレビを消す。「ちょっと時間をもらえる？」

「きみのために？　もちろんだよ」

プロジェクトの概要を収めたUSBメモリをパソコンに差してティルダは言った。「あなたに見てもらいたいものがあるの。もう何年も温めてきたアイデアなんだけど、次の段階に進むための力になってくれそうな科学者とエンジニアに、去年たまたま出会って。プロジェクト名は〝ファー・アイ〟」

ケイレブが身を乗りだして画面を覗き込む。「どんなプロジェクト？」

「AI予測を使った農業従事者向けの予報プログラム。衛星画像と繋いで気圧配置や海流やその他諸々の動きを追跡、分析する。渇水、洪水、火事、煤煙、スモッグなんかは農家に大きな損失をもたらすけど、長期予報が可能になればそうした損失を軽減できるし、起こりうる武力紛争や気候変動に対しても備えができる。とはいえ、まだまだ完全とは言えないわ。何人かベンチャー投資家にもあたってみたんだけど」

「きみが自分でアルゴリズムを書いたのか？」

「ええ。父が倒れるまでは、ライリー・バイオジェンの研究開発部と組むのもありかな、なんて考えてたの。それとも投資家を見つけて自分で開発するべきか、とか。ところが父があんなことになり……わたしたちはこんなことになった。しばらくプロジェクトのことは考えられなかったの」

「投資家は何と言ってる？」

「みんな興味を持ってくれたわ。出資してくれる人は見つかるはずよ。問題は、わたし自身が起業家になりたいのか、それとも研究者やデータ・アナリストとしてやっていきたいのか、どちらなのかって話。本音を言えば断然後者なの。でも、あなたの考えも聞いてみたくて」

ああ、彼の、この目。感極まったようなまなざしはかぎりない優しさをたたえている。優しさと、そして熱を。

「そこまでぼくを信頼してくれてるのか?」

「ええ。あなたがわたしの知的財産を盗むようなことをするわけないもの。そんな価値もないと思うかもしれないし」

「ぜひ見せてもらいたいね」

「じゃあ、どうぞ」ティルダはパソコンを彼に渡した。「わたしはアニカを寝かしつけてくるわ」

アニカはベッドに入って本を読んでいた。ティルダが隣に潜り込むと、ぴたりと体を寄せてくる。

「ねえママ、あたしがママじゃなくてパパといろんなことするの、怒ってないよね?」心配そうにアニカが訊いた。「お料理とか、ジオラマとか。あたし、ママが生きもののことあんまり得意じゃないって知ってるから、だからパパに意見を訊いたの。焼きもち焼かないでね？」

ティルダは驚いた。「当たり前じゃない。あなたとパパに共通の話題があるって、すばらしいことよ。ママとのあいだにもあるわよね。ムーンキャット・アンド・ザ・キンキーレディーズとか、ロボット工作とか。ねえ、誰がいちばん得をしてるかわかる？」

「誰？」

「ママよ」ティルダはきっぱりと言った。「毎日毎晩、とびきりのご馳走を食べさせてもらえるんだもの。あなたがパパに料理を習うようになってから、ママの食生活はまるで女王さまみたい。甘やかされたおかげでスクランブルエッグもポークチョップも、もうつくり方を忘れちゃった。アニカがお料理してくれなきゃ、ママもアニカも飢え死にするわよ。だからずっと続けてね」

アニカはおかしそうに笑い、母親に身を擦り寄せた。ティルダは彼女の体越しに手を伸ばして明かりを暗くした。

「ママ？」とても小さな声だった。

「なあに？」

「あのね……パパは気に入ってると思う？」

ティルダは妙な緊張感を覚えた。「気に入ってるって、何を？」

「何って、ほら」囁くような声でアニカは言った。「パパであること。すごくいいパパだとあたしは思ってるけど、パパのほうはつまんないかもしれないでしょ。めんどくさいことばっかりで。学校の送り迎えとか、ランチつくるとか、宿題を見るとか。それにあたしじゃあ大人みたいには話し相手になれないし。科学のことでも何でも。まだ、今はね。だからたぶんパパはつまんないと思う。そのうち、いやになるんじゃないかな？」

胸が強く痛んだ。娘にそんな不安を抱かせていたのかと思うとたまらなかった。喉が締めつけられる感覚をこらえて口を開くのに、一呼吸を要した。

「ママがパパの代わりに答えたり、勝手に約束したりするわけにはいかない。だからママはママの考えを言うわね。パパはパパであることを気に入ってると思うわ。それも、ものすごく気に入ってるはず。だってこんなにラッキーなことはないんだもの。アニカほど可愛くて賢くてすばらしい子どもの親になれるなんて」

アニカはティルダの肩に顔を埋めた。「ほんとにそう思う？」

「もちろんよ。先のことはママだって断言はできないけど、大いに期待していいと思ってるわ。それにね、あなたはライリーであると同時にモス家の一員になったの。何が起きてもそれは変わらない。モスの人たちは決してあなたを手放したがらない。みんなばかじゃないわ。ダイヤモンドかどうか、見ればわかるのよ」

月のランプが放つ淡い光の中、アニカがにっこり笑うのが見えた。その瞳は潤んでいる。

「ありがとう、ママ」

「愛してるわ、アニカ。そして忘れないで。何があってもわたしたちは大丈夫。アニカもママも強いんだから」

「うん、そうだね。わかった。あたしも愛してる、ママ。おやすみなさい」

アニカの視界からはずれるとすぐに、ティルダは両手で目を押さえた。通路へ出れば、下のソファに座るケイレブから丸見えだ。その前に、しゃんとしなければ。背筋を伸ばし、笑みを浮かべて通路を歩きだしたとき、ケイレブがこちらを見上げた。階段を下りたティルダは彼の隣に座った。「見てくれた？」

「ぼくに理解できるところは。そもそもＡＩがどう機能するのか説明してもらわないといけない。わかりやすい言葉で」

「それは大変」ティルダは笑った。

「でも、ただならぬプロジェクトだということはじゅうぶんわかった。画期的だよ。もし本気でモステックと組むことを考えているのなら、知的財産権に詳しい弁護士を交えて話し合おう。きみの利益を守るために」

ティルダは柔らかく微笑(ほほえ)んだ。「あなたに認めてもらえて嬉(うれ)しいわ」

ケイレブは彼女の頭を包み込むようにしてキスをした。膝から落ちかけたパソコンを、手探りでコーヒーテーブルの上へ移す。そのあいだも唇は一瞬たりとも離れなかった。

キスが一段落したとき、ティルダは笑っていた。

「何がそんなにおかしいんだ？」

「あなたが興奮する場面」からかうようにティルダは言った。「この前は意地悪な大叔父さんをわたしがやり込めてるところで、今度は大気環境予測のためのアルゴリズム。なんておかしな趣味なの」

ケイレブがティルダを膝に乗せた。下半身のこわばりがはっきりと伝わってくる。

「そうさ、統計解析、気象学、土質動力学。それらすべてがぼくをカーボンナノチューブより硬くさせるんだ」

ティルダが笑いながらぶとうとすると、ケイレブがその手をつかんで唇をつけた。

「いや、本当だよ。本当に興奮するんだ。きみがきみらしい何かに一生懸命になっているのを見ると。そして仕事のこと、アニカのこと、きみ自身のこと、すべてにおいてぼくを信頼してくれているんだと思うと。信頼されるに足る男になりたいと思う。きみにふさわしい男に」

感激のあまり息が止まりそうになった。ティルダはするりと床に下りると、彼の手を引っ張って立たせた。「一緒に上へ来て。アニカが眠ったのを確かめたら、あなたの部屋へ入って鍵を閉めて、あなたが何にふさわしいのか、とくと教えてあげるわ」

ケイレブは興味をそそられた顔になったが、警戒の色もそこにはあった。「それはどういう意味だろう？」

「わたしを信じてる、ケイレブ？」

えくぼを深くして彼はにっこり笑った。「もちろん」

「だったら、早く。あなたの部屋へ行きましょう」

「ぼくたちの」

ティルダは振り返った。「え？」

「ぼくの部屋じゃない。ぼくたちの部屋だ」

ティルダの胸に温かなものがあふれた。自分が柔らかく溶けていくような気がする。

「ええ……そうね」

二人とも一刻を惜しむかのように大急ぎで階段をのぼった。

15

ケイレブに肩を叩かれてティルダは目を覚ました。「ティルダ？」小声で彼は言った。

「起こしてごめん。でも、あれ、きみのスマートフォンじゃないか？」

眠気が吹き飛んだ。下からかすかに聞こえてくるのは『ブレイキングダウン・ユア・ウォールズ』のギター・リフ。「よく聞こえたわね」

「眠りが浅いんだ。出たほうがいいんだろう？」

「もちろんよ。起こしてくれてありがとう」ベッドから出て階段を駆け下りると、ケイレブもあとからやってきた。

スマートフォンはキッチンカウンターの上で鳴っていた。急いで手に取ると、それは父からだった。「父さん？」

「ティルダ？　おまえなのか？」父の声には力がなかった。

「ええ、わたしよ。大丈夫？　具合が悪い？」

「いや、発作を起こしたわけじゃないよ、ハニー。アーサーとトリックスとシルヴィーとブリッジをやってさっき帰ってきたところなんだが、留守中に空き巣に入られたようなんだ」

ティルダはぎょっとした。「何ですって？　警察は呼んだ？」

「今こっちへ向かっている。いや、とにかくびっくりしてしまってね。こんな時間におまえを起こすのはどうかと思ったんだが。家の中が……あまりにもひどい有様だったものだから」

「父さん、もしかして家の中からかけてる？　泥棒がどこかに潜んでるかもしれないのに？」

ケイレブがスピーカーモードにするようにと身振りで伝えてきた。ティルダがボタンを押すと、父の震える声が流れだした。

「……大丈夫だ、ハニー。家中くまなく見てまわった。泥棒はもうここにはいない」

「父さん！」ティルダは悲鳴混じりに言った。「自分で見てまわったの？　それは警察に任せないと！」

「まあまあ、もうすんだことだ。盗られたのはわたしのパソコン、タブレットで、セキュリティシステムは解除され、ビデオカメラも停止になっていた」

「すぐ行くわ、父さん」

「いやいや、それには及ばないよ。警察がじきに到着するし、おまえにやってもらえることは何もない。ただ誰かに話したかっただけなんだ。すまなかったね、起こしてしまって」

「いいえ。わたし、行くから」ティルダは言い、ケイレブを見た。「わたしが父のところへ行ってるあいだ、アニカをお願いできる?」

「ぼくも行く」

「でもアニカが――」

「今マディに電話をかけてる」ケイレブはスマートフォンを耳にあてていた。「マディ? うん、わかってる、申し訳ない。ティルダのお父さんが空き巣被害に遭った。お父さんはショックを受けてる。もしアニカを見ていてもらえるなら、ぼくとティルダは……そうか?……助かるよ。ありがとう。それじゃ、またあとで」通話が終わった。「十五分で来ると言ってる。ぼくの車で行こう。着替えておいで」

「ありがとう」そしてティルダは父に言った。「ケイレブと一緒にすぐ行くわ、父さん。待ってて」

ティルダが電話を切ると、ケイレブが何も言わずに体を抱き寄せた。たくましい腕にしっかり抱きしめられると、この人は信じられるという思いが強くなる。その思いは心の支えになりつつあった。ケイレブとの信頼関係が本物であることを、ティルダは期待しはじめていた。

いや、期待というより、心からそれを求めているのだった。

ティルダは体を離して目元をぬぐった。「ありがとう」涙声で言う。「マディに電話してくれたり、わたしを送っていってくれたり。あなたが一緒だと心強いわ」

「きみが行くところ、どこへだってぼくはついていく」

ほどなくマディがやってきた。急いで身につけたらしいスウェットの上下に、盛大に寝癖のついた髪。大ぶりの四角い黒縁眼鏡は野暮ったくもスタイリッシュにも見える。

ティルダは戸口で彼女の体に腕を回した。「ありがとう、本当に助かる」弱々しい声で言う。

「お安いご用よ。お父さまの様子、知らせてね」

道はがらがらだった。車内では二人とも無言だったが、ケイレブは手が空くとティルダの手を握った。「大丈夫だ」励ますように彼は言った。「もう警察が来てる。お父さんは安全だ」

「それはわかってるけど、父があまりにも気の毒で。心臓の発作に、会社の買収。少し落ち着いたかと思ったら、今度はこれでしょう。ひどすぎるわ」

パトカーの後ろに駐車して家へ入っていくと、父はキッチンのテーブルでうなだれ、スコッチを飲んでいた。ティルダたちのほうへ向けられたその顔には血の気がなかった。グラスを包み込む手は震えている。

ティルダは父を抱きしめると、椅子を隣へ引き寄せて座った。

ケイレブを見上げた父が、問い質すような口調で言う。「誰がアニカを見ているんだね？」

「妹に来てもらってます。安心してください」

ティルダは父の氷のように冷たい手を取った。「いつ気がついたの？」

「帰ってきたら玄関のドアが開いていたんだ。警報装置は切られていたよ」

「で、そのまま家の中へ入ったのね」つい、なじる口調になってしまう。

父がちらりとこちらを見た。「もうおまえにはじゅうぶん叱られた。だからその先の話をしよう。中へ入ったわたしは状況を見極め、警察に通報した。引き出しもキャビネットも全部開けられて、家中ひどい有様だった。電子機器のほかに――」父はティルダの目を見て続けた。「金庫もやられた」

ティルダはぎくりとした。ウェストン・ブロディのファイル。切り札。念のためにこの家に置いてあったのだ。こんなことになるとは夢にも思わずに。

「こじ開けられた？」

「いいや。連中はまるごと持ってった。壁から引き剥がすようにして」

「追跡装置は？」ケイレブが訊いた。

「つけていたとも。だが、はずされていた。あの型に詳しいやつらだったんだろう。はずしてわたしの机に置いてあった」

「その手の犯行は狙いがあってのことが多いんです。ちなみに、金庫の中身は何でしたか？」

「それはまあ、普通のものだよ。緊急時のための現金、家の権利証や生命保険証書といった個人的な書類。あとはティルダの母親の形見の宝石類。ティルダに渡そう渡そうと思いながら、つい後回しになっていたんだが、それも永遠に失われてしまった」

ハーバートとティルダをかわるがわる見ていたケイレブが、すっと立ち上がると咳払いをした。「ぼくは席をはずします」さらりと彼は言った。「あとは二人だけでどうぞ」

ケイレブがキッチンから出ていくのを目で追いながら、父は言った。「空気を読むことはできるようだな。それだけは認めよう」

「父さんったら。ケイレブはそれだけの人じゃないわ。彼とはうまくやっていけてるのよ、わたしもアニカも。言ったと思うけど」

「ああ、そうだった、そうだった。それは喜ばしいが、おまえの言う最終手段、あのファイルが他人の手に渡ってしまった。何者なのか知らないが、われわれに友好的な人物じゃないことは確かだ」

「モス以外の人間にとっては何の価値もないものよ。あのファイルが何に繋がるか、わかるのはモス家の人だけ。そのモス家はあれの存在を知らないし、今後も知ることはないわ。だって、わたしは彼らにいっさい明かしていないもの。父さんもでしょう。わたしたちがファイルのことを話した相手は父さんの弁護士だけよね」

「マーリーが他言するわけはない。ともかく、巧妙な手口によって何者かの手に渡ってしまった。こんなことになるなら、さっさと自分たちの手で処分しておけばよかった」

「わたしたちは何も悪いことはしてないわ。保管してあっただけだもの」父を励ますようにティルダは言った。「わたしたちはあれを使わないことにしたじゃない。信憑性に欠けるから。わたしたちに後ろ暗いところはまったくないのよ、父さん」

もう一度話を聞きたいと警察官がやってきて、親子の会話はそこで終わった。ティルダとケイレブは朝まででもいるつもりだったが、夜明け近くになるとハーバートが二人に帰宅を促した。

「帰って少し休んでおくれ。二人とも、今日も仕事があるんだろう」

「今日は在宅勤務にします」ケイレブが言った。

「彼といったん戻って、わたしの車でまた来るわ。アニカと一緒に。父さんを一人にしたくないもの」

「ばか言うんじゃない。セキュリティシステムは壊れてる、指紋採取の粉だらけ――こんなところでアニカを過ごさせるなんてとんでもない」

「では、うちにいらしてください」

ケイレブの言葉に、ハーバートは驚いた顔になった。「いや、そこまで迷惑はかけられない。ホテルを取るよ」

「ここの片付けはクリーニングサービスに任せるとして、元通りになるまでうちにいてください。ゲストルームがありますから。きっとアニカも喜びますよ」

「そうよ、父さん」ティルダも言った。「そうしてくれればわたしも安心だわ。ね、お願い」

ハーバートは降参したように両手を投げ上げた。「わかったよ。しかし二人とも、騒ぎすぎじゃないかね」

「荷物をまとめてくるわね」ティルダは父の部屋へ急いだ。

　四十分後、ケイレブのポルシェに続いてティルダは父の車を発進させた。帰宅後はすぐに父をゲストルームに案内して休んでもらった。

　ようやくキッチンで腰を下ろすと、マディがコーヒーをいれてくれた。

「ありがとう。あなたが来てくれて本当に助かったわ」

「これぐらい当たり前じゃない。身内なんだから」マディはケイレブのほうを向くと、怖い顔をして言った。「まさか今日は出勤しないでしょうね」

「セルジオに電話をかけるだけだ。早急に取締役会を開く段取りをつけてもらう。〝ファー・アイ〟のことをみんなに話さないと」

　マディのきれいな形をした眉が、くいっと持ち上がった。「それは何？」

「ティルダが開発中のプロジェクトだ。農業計画に革命を起こす画期的なＡＩツールなんだが、ぼくよりおまえのほうがちゃんと理解できそうだな。マーカスがここにいたら、きっと大騒ぎしただろう」

「見せてもらってもいい？」

「もちろんよ」ティルダはパソコンをマディのほうへ滑らせた。

　コーヒーを飲もうとしたティルダの腕をケイレブが押さえた。「少し眠ろう。きみも疲れただろう」

「アニカの学校があるもの。支度をさせないと——」

「大丈夫」マディが言った。「アニカのことはわたしに任せて。朝食を食べさせてランチを持たせて、学校まで送るわ。楽しそう。わたしたち、すごく馬が合うのよ」

「本当にありがとう」

「学校から帰ってきたらジオラマの相談にのると伝えておいてくれ」ケイレブが言った。「きっとおじいちゃんも手伝ってくれるだろう」

ケイレブと一緒に階段を上がりながら、ティルダは不思議でならなかった。すがすがしいような、穏やかなこの心持ち。空き巣事件のあとだというのに、いったいどうしたことだろう。

「こんなに優しくしてもらって」ぽろりとそんな言葉が口をついた。「わたしはどうすればいいのかしら」

ケイレブが手を差し伸べてくる。「ただ受け止めていればいいんじゃないか?」

そうね、そうするわ。心の中でそっとつぶやいて、ティルダは彼の手を取った。

16

「以上が〝ファー・アイ〟の概略です」役員用会議室のテーブルを囲む面々を見回して、ケイレブは言った。「詳しくは資料を読んでほしい。それぞれが検討したうえで、また集まって話し合おう。ぼくとしては、ティルダの法務チームと早急に会いたいと思っている。モステックが投資するプロジェクトとしてはベストじゃないだろうか」

「それ相応の額を出させられるんでしょうね」エレインが言った。「かなりの額をね」

「当然よ」マディがうなずく。「すごいツールだもの。ティルダはこれで財を成すわね。うちとしてもこれは大きなチャンスよ」

「わかりきったことを訊くようだが」ジェロームが口を開いた。「知的資産を含め、ライリー・バイオジェンの資産はすべてモステックのものになっているのだったな？」

「これは別です」ケイレブは答えた。「ティルダはライリー・バイオジェンの社員ではありません。外部コンサルタントという立場です。〝ファー・アイ〟は彼女個人のものであって、ライリー・バイオジェンの援助は受けていません」

「ほほう」ジェロームは唸るような声を出した。「ずいぶん都合のいい話だな」

「それはどういう意味でしょう」大叔父に振りまわされまいと固く心に決めていたにもかかわらず、声がしだいに尖るのを抑えられなかった。

「ライリー一家と寝起きを共にするうち、客観的な見方ができなくなってしまったか。義理の父親まで同居しているそうだな」

「ちょっと、ジェローム」苛立たしげにエレインが言った。「不毛な言い争いはやめましょうよ」

「ハーバートがうちにいたのは三日間だけです」ケイレブは歯を食いしばって声を絞りだした。「住める状態になった自宅へ戻って、もう一週間以上になります。あなたが何をおっしゃりたいのか、ぼくにはわかりません」

「これが重大な利益相反にあたると、わたし以外誰もわかっていないのか？」ジェロームは一人一人の顔を順繰りに睨みつけた。「連れ合いの少しばかり高尚な趣味のために自社の金庫を開けようというのだぞ！」

「その見方はフェアじゃないわね」エレインが言った。「結婚した相手がたまたま並はずれた才能の持ち主だったとしても、それはまったくケイレブの落ち度じゃないわ。ティルダの資質は彼女個人のもの。なのにケイレブと婚姻関係にあるというだけで道を閉ざされるの？　そんなの筋が通らないでしょう」

「そう単純な話ではないのだ」ジェロームは言った。「この議題についてはじっくり精査する時間をもらいたい」

「もちろんです」ケイレブはうなずいた。「必要なだけ時間をかけてください。ただし、ティルダは永遠に待つわけにはいきません」

エレインが微笑(ほほえ)んだ。「わたしたちもこれから勉強させてもらうけれど、わたしが褒めていたとティルダに伝えてちょうだい」

「伝えますよ」ケイレブはそう答えてからジェロームを見た。「褒められるに値するはずですから、このプロジェクトは」

「じゃあ、いいかしら？　今日の議題はこれで全部？」祖母が問う。「そう、よかった。それじゃわたしは失礼しますよ。可愛(かわい)い曾孫(ひまご)とデートの約束をしているのでね」

ジェロームがきっぱりと言った。「ケイレブ、このあとわたしのオフィスへ来てもらいたい」

「すみませんが、今日は無理です。午後は目一杯会議が入っているので。追ってセルジオにそちらのオフィスに電話させます。できるだけ早くうかがえるよう、スケジュール調整させますよ」

「それでは遅い」ジェロームが声を荒らげた。「至急、話さねばならんことがある。すぐにだ」

会議室が静まりかえった。

「何なの、ジェローム？」エレインが言った。「そういうことならわたしも知っておくべきじゃないかしら？」

「わたしも」マディがうなずく。

「わたしだって」ロニーも言う。「ここで話して、お父さん」

「だめだ。ケイレブにしか話さん」

エレインが意味ありげな視線をケイレブに送ってきた。あとで尋問まがいの質問攻めに遭うのは間違いなさそうだ。

「わかりました」奥歯を噛みしめてケイレブは言った。「十分後にそちらのオフィスへ行きます。しかし手短にお願いしますよ」

ジェロームとロニーが会議室を出ていったあと、エレインがケイレブのほうを向いた。

「アニカとのデートが終わったら話を聞くわ。それじゃね」祖母はひらひら手を振ると、シャネルの香りを振りまきながらさっさと歩み去った。

ケイレブは、マディと並んでエレベーターへ向かいながらセルジオに電話をかけ、予定されている会議の開始時刻をすべて後ろへずらすよう依頼した。

「助かったよ、おまえが〝ファー・アイ〟を支持してくれて」エレベーターに乗り込むと、ケイレブは妹に言った。

「あら、兄さんを助けるためにああ言ったんじゃないわよ。すごい可能性を秘めてるプロジェクトだと本当に思うから。まだ全部は理解しきれてないけど、わかるところを読んだだけでもぞくぞくしちゃう」

「ぼくもまったく同じだ」

「それにしてもジェロームには驚いたわね。誰彼なく難癖つけるのが大好きな人ではあるけど、明らかなビジネスチャンスを有無を言わさず撥ねつけたりしたことはなかったじゃない。何か考えがあるのかしら」

「じきにわかるさ。あの人のことだから、あるとしてもよからぬ考えだろうけど」

「わかったら教えてね」マディが言ったとき、エレベーターの扉が開いた。

扉を押さえてケイレブは言った。「教えるほどのことだったらな」

マディは兄を睨んだ。「あとでばばさまと報告を聞きに行くから」

上昇する箱の中でケイレブはため息をついた。幼い頃から兄に対して容赦のない妹だった。ジェロームといいマディといい、これもモスに伝わる遺伝子のなせる業か。

ジェロームのアシスタントのイヴェットに取り次いでもらい、ケイレブは大叔父の巣へ足を踏み入れた。CTOの座をマーカスに譲ったあとも顧問としてモステックに関わるジェロームは、社屋の一等地に位置するオフィスを明け渡そうとはしない。おかげでケイレブたちきょうだいは、気難しい大叔父がトラブルを起こさぬよう、常に目を光らせていなければならない。ジェロームは娘の持ち株を使って支配権を手に入れようと目論んでいるのだが、ロニーは父に罵られながらも抵抗を続けている。もちろん、ジェロームが娘に優しく接することなど、もともとなかったのだが。

「さっきも言いましたが、本当に時間がないんです。用件は何です?」

「悪い知らせだ。腰を下ろしなさい」

座るつもりはない。この人物には近寄りたくもない。だが職務記述書には記載されていなくとも、ジェロームの相手をするのはCEOたるケイレブの仕事の一部なのだった。

「何を聞かされても、腰を抜かしたりはしませんよ」

「恋女房がおまえの会社を潰す策略を巡らせていると聞かされてもか」

ケイレブが声を取り戻すのに少しかかった。「誰がそんな出鱈目を口にしたのか知りませんが、その人物に一言言ってやりたいですね。この大嘘つき野郎、地獄へ落ちろ、と」

「やはりな。そう言うだろうと思っていた」

「おっしゃりたいことがあるなら、はっきりおっしゃってください」

ジェロームが分厚いファイルを掲げた。「これが動かぬ証拠だ。ティルダ・ライリーが不誠実な行いをしていることのな。見るがいい」彼は中身を執務机の上に出した。

ケイレブはためらった。何かの罠（わな）ではないのか。机へ向かって足を踏みだしたが、一歩進むごとにティルダを裏切っているような後ろめたさが募る。それでもジェロームが何を企（たくら）んでいるのか知らなければならない。

その厚い紙束は、手書きされた文書をコピーしたものだった。筆記体で、しかも走り書きだ。ケイレブは唇を固く結んで凝視した。「何ですか、これは？」

「モステックを破滅に導きうるファイルだ。おまえの女房が持っていた」

「ティルダが……どうしてそれがここにあるんです？」

「しっかりしないか、ケイレブ。〝モステックを破滅に導きうる〟とわたしは言ったんだぞ。聞こえなかったか？」

ケイレブは歯を食いしばった。「まどろっこしいですね。簡潔にお願いしたい」

「これは、モステックの研究所で所長をしていたジョン・パドレグによって書かれた日誌だ。今から二十三年前、開発中だった耐寒性穀物の株に有毒カビが異常増殖し、その結果六十二人が死亡した。うち子どもが二十八人。この日誌には、われわれが血も涙もない殺人犯であると書かれている。わたし、ナオミ、エレイン、そしてバートラムがだ。その主張の裏付けだという実験記録も添付されている。われわれが恫喝や買収といった手段で被害者や遺族を口止めした、責任を逃れようとした――パドレグはそう書いている。むろん、何もかも嘘だ。隠蔽工作をしたのはパドレグ自身だった。われわれはずっとあとになるまで知らなかった。当時CTOだったライムント・オズワルトから真相を聞かされるまで」

「なぜパドレグは二十三年ものあいだ黙っていたんですか？　その人物は今までどこにいたんですか？　そんな言いがかり、あなたならとうの昔にねじ伏せられたんじゃないんですか？」

「この世にはいない。ナオミが命を落としたあの爆発事故でパドレグも死んだ。あれはおそらく被害者たちからの報復だったのだろう。ライムントによれば、ナオミとジョン・パドレグは男女の仲だったらしい。ところがこの日誌でパドレグは彼女を悪者に仕立て上げている。ナオミを含む上層部に責めを負わせモステックを欺く、その一方で、手に入るお楽しみはいただこうというわけだ。誰かさんと似ているじゃないか。名前を挙げてもいいんだが」

「やめておいてもらいましょうか」低い、警告の口調でケイレブは言った。

「現実を見ろ」ジェロームが声を荒らげた。「まったくの出鱈目ではあっても、このファイルはわれわれを破滅させうる。あの女はおまえの喉元にこれを突きつけながらベッドの中でよろしくやっていたんだ。最初のページに彼女宛ての付箋がつけられている」そこまで言うと、ケイレブの顔の前でぱちんと指を鳴らした。「目を覚ませ！」

「どうやってこのファイルを手に入れたんです？」ケイレブは拳にした両手を震わせた。冷静になれ、とみずからに必死に言い聞かせる。

ジェロームは鼻を鳴らした。「そんなことはどうでもいい」

「よくありません！」

「わたしを非難したければするがいい。これはハーバート・ライリーの自宅の金庫に保管されていた」

「あなただったんですか？」ケイレブは愕然とした。

ジェロームは平然としている。「そこがおまえとわたしの違いだ、ケイレブ。わたしはモステックのためならどんなことでもできる。おまえは違う」

「これの存在を知っていたんですか？」

「あの女と弁護士のやりとりを聞いてわかった。〝最終兵器〟の話をしていた。それがいったい何なのか、確かめる必要がわたしにはあった。武装は解除させねばならんからな」

呆気にとられるしかなかった。「電話を盗聴したんですか？　正気の沙汰じゃない！」

「これは戦争なのだ。わたしはこの会社のために五十年、汗水垂らして働いてきた。それをだ、腹いせだかなんだか知らんが、あんな薄汚い金髪女に滅茶苦茶にされてたまるものか」

「いつからティルダたちのことを嗅ぎまわっていたんですか？」

「嗅ぎまわるとは人聞きが悪い。おまえがもうちょっと賢ければ、おまえ自身がやっていたはずだ。代わりにやってやったのだから感謝してほしいぐらいだ」

ケイレブは後ずさりした。「あなたがしたことは唾棄すべき違法行為だ。しかもハーバート・ライリーはこの半年で二度も心臓発作を起こしているんです。死ぬほど恐ろしい目に遭わされて、文字どおり死んでしまう恐れだってあった」

「ハーバート・ライリーに同情しろと？　わたしを破滅させようと企んでいた男だぞ！」

もう我慢ならないとケイレブは思ったが、かろうじてこらえた。「ハーバートの金庫にこれが入っていたからといって、ライリー親子がモステックを潰そうと画策していた証拠にはなりません。ナイフを持っているからといって誰かを刺そうとしていることにはならない、それと同じです」

「たわけたことを！　ではいったい何のためにわれわれの死刑執行令状を金庫に保管して

いたのだ？ 楽しいからか？ 遊びでか？ 何となくか？」

「使っても何の得にもならない、だから使わなかった。それでおしまいです。めでたしめでたしじゃありませんか」

「おまえこそ、どこまでおめでたいやつなんだ！ あの女、今はまだ待っているんだ。自分の思いつきに対してわれわれが金を出すのを。口座に金が入りさえすれば、ただちにモステックを潰しにかかるに決まっている。息の根を止めるのは、取れるものを取ってからというわけだ。あの女はばかじゃない。おまえと違ってな」

「その論理は破綻していますよ、大叔父さん。モステックを生かしておけば彼女はもっと儲(もう)かるんですから。それは彼女だってわかっている。あなたにはあらゆる人間が敵に見えるんだ。今に始まったことじゃないですが」

「おまえは浅はかだ。甘すぎる。今に始まったことではないがな」

「くれぐれもティルダに手出しはしないでください」ケイレブは真顔で警告した。「もし彼女を傷つけるようなことをしたら、あなたがしたことすべてを公にします。即座に」

「相変わらず道徳的でいらっしゃる。汚れ仕事をするのはわたしだけというわけだ。本当ならおまえはここで額(ぬか)ずいて感謝するべきなのだぞ。手遅れになる前にわたしが計画を阻止してやったのだからな」

ケイレブは出口へ向かった。「もうこれ以上話し合うことはなさそうです」

「恋女房のもとへ逃げ帰って、何もかもぶちまけるのか？　踏みつけにされるだけだぞ。まったく、哀れなやつだ」

ケイレブはドアを叩きつけて閉めた。怒りに目がくらみそうだった。

ティルダとハーバートはあのファイルをどうするつもりだったのだろう。ファイルの内容は出鱈目なのか？　それとも真実なのか？　本当に責めを負うべきなのは誰だった？

だが何が明らかになろうとも、あの冷酷無比な老人に彼女との仲を裂かせはしない。

黄昏の薄明かりに包まれたパティオで、ティルダはフットレストに足をのせた。芝生ではマディとアニカがフリスビーに興じ、そよ風が湖の水面にさざ波を立てている。いつもならティルダも二人に加わるところだが、今日は疲れ果てていた。エレインが放課後のアニカにつき合ってくれたおかげで〝ファー・アイ〟の仕事に集中できたのだが、極めつけはいつ終わるともしれないビデオチャットでのやりとりだった。チームのメンバー一人一人に、モステックで働くためにシアトルへ来られるかどうか打診したのだ。プロジェクトの実現のためには、この才能ある女性たち全員が必要になる。気象学、植物学、統計解析、土質動力学、気候科学、それぞれのエキスパート。彼女たちあってこその〝ファー・アイ〟だ。

ところが、例によってすんなりとはいかなかった。メンは病気の父親から遠く離れるわけにいかないと言い、マリコは恋人をがっかりさせたくないと言い、シドラはインドのバンガロールにある会社に転職したばかりだった。ジュリア・ホアンだけが、ティルダが来いと言うなら明日にでも飛んでいくと返事をした。彼女以外のメンバーに対しては、気長な説得と、相応の対価の提示が必要になりそうだった。

飛び上がってフリスビーをキャッチしたアニカが、尻餅をつきながら着地した。そのままふざけてでんぐり返しを始めると、すぐさまマディが折り重なるようにしてアニカをくすぐりだした。まるで二匹の子犬みたいに、芝の上を転げまわっている。

「いつまでたっても慣れないわ」後ろでエレインの柔らかな声がした。「あの年頃のスザンナに生き写し。いまだにアニカを見るたびにどきっとするの」

ティルダは振り向いてエレインを見た。彼女は白ワインのグラスに口をつけながら、芝生で繰り広げられている光景をにこにこと眺めていた。

「マディといるときのアニカは本当に楽しそう」ティルダは言った。「彼女、理想的な叔母さんですね」

「マディのほうもアニカに救われてるのよ。あの子は働きすぎだった。でもアニカが来てからは……あんなに楽しそうに笑うマディを最後に見たのって、それこそあの子が八つぐらいのときだったんじゃないかしら。あの二人を見ているとこちらまで嬉しくなってくるわね」

自分が最後にげらげら笑いながら遊んだのはいつだっただろうとティルダは考えた。母を亡くした頃に、はしゃぐことも、夢はいつか叶うと信じることもやめてしまった。けれど、数年たってケイレブに恋をすると、やっぱり夢は叶うのかもしれないと思えるようになった。

それからはいろいろあった。幻滅、絶望。妊娠がわかったときにはダブルパンチを受けた気分だった。一人で子どもを育てるのだ、のんきに笑う余裕がどこにある？　毎日が綱渡りだった。

けれどアニカが成長するにつれ、ティルダは娘の未来を考えるようになった。娘が生きていく、この地球の未来を。そんな心配性の母親が、不確かな未来への不安を少しでも減らしたくて考えだしたのが〝ファー・アイ〟だった。絶えず変化する事象を予測することで異常気象や地球温暖化によるリスクを低下させ、土壌劣化を食い止めて、農家が地球の人口を養えるだけの作物をつくりつづけられるようにする。そうすれば世界中の人を守れる。

それで完璧というわけじゃない。でも、何も行動しないよりはいい。そして、行動を起こすことは、一介の母親にだってできるのだ。

スマートフォンが鳴りだした。表示された名前を見て、ティルダはうろたえた。ウェストン・ブロディ？　ああ、何を話せばいいのだろう。最近の山積みの懸案事項の中で、唯一、消えてしまえばいいのにと思うほど疎んじていたのが、この件だった。

ティルダは立ち上がりながら笑顔でエレインに詫びた。「ごめんなさい。出ないといけない電話なものですから」

家の中でもいちばん奥にある部屋、ケイレブの書斎へ入った。大きなガラスの箱が、枝を揺らす木々の上に浮かんでいるかのようだ。

ドアを閉め、応答する。「もしもし」

「ティルダ」ウェストンの声に以前のような温かみはなかった。「プロジェクトのほうはどうなってる？」

ためらいつつ答えた。「なかなかすんなりとはいかないわね」

「だろうな。聞いたよ、結婚したって？　モステックのＣＥＯと？　ぼくをからかって面白いか？」

「からかったりしてないわ。何が何でもあのファイルを使わないといけないわけじゃないでしょう」

「使う気満々だったじゃないか」

「お互い、誤解があったのかもしれないわね。結局、友好的合併に応じるのがライリー・バイオジェンにとって最善だったということなの。だから――」

「だからついでに個人的にも合併することにしたというわけか。すばらしい。きみがやってくれるなら自分の会社の名を汚さずにすむと思っていたんだが、他力本願じゃだめということらしい。だから今、シアトルにいる。モステックの終わりは近い」

「そんな……お願い、やめて」

「本気で言ってるのか?」ウェストンが語気を強めた。「なぜだ?」

ティルダは風に波立つ湖面を見つめた。「会って話せる?」

「〈カートライトホテル〉に泊まっている。モステックの近くだ。部屋から社屋が見える」

「そこなら知ってるわ。ウェストン、本当にこれはあなたが思ってるような――」

「一階にダイニングバーがある。一時間後に、そこで。ぼくがなぜ行動に移してはいけないのか教えてもらおう。楽しみにしている」

窓の外の動きが目に留まった。マディがアニカに側転を教えている。芝生に下りたエレインも楽しそうに笑っている。美しい絵を見ているようだとティルダは思った。

乾いた大きな塊が詰まったようになった喉を、ごくりと鳴らして唾をのむ。幸せな時間は儚いものだ。あっけなく壊れる。

「わかったわ」最後にそれだけティルダは言った。

17

ケイレブがドアをくぐると、アニカが突進してきて腰に抱きついた。「ばばさまとマディにね、あたしも夕飯のお手伝いするって言ったの！　パパもあたしと一緒にステーキ焼く？」

「いやいや、待って。どういうことかな？　まだペストリーでお腹いっぱいじゃないのかい？　今日はばばさまとおやつを食べたんだろう？」

「うん。すごく美味しかった！　レモンスコーンとホットチョコレート！」

「よかったね。でも、ひょっとして宿題がまだなんじゃないのかな？」

アニカはしょんぼりした顔になった。「今日はちょっとしかないもん。プリント二枚と書き取りと、あと簡単な算数の問題。目をつむっててもできちゃう」

「すませておいで。目は開けてやるんだよ。宿題が終わったら夕飯の相談をしよう。ほら、急げ！」

駆けだすアニカは笑っていたが、追い払ったようで後味はよくなかった。アニカと過ごす時間は楽しいが、決めたことは守らせるべきだとティルダに口を酸っぱくして言われているのだ。いずれにしてもアニカをそばにいさせるわけにはいかなかった。祖母と妹があんなに怖い顔をしてこちらへやってこようとしているのだから。迫りくる列車みたいな勢いで。

衝撃的なジェロームの話は、まだ彼女たちには伝えられない。まずティルダと話し合ってからでなければ。

「うまくやってくれたわ、ケイレブ」祖母がきびきびと言った。「報告を聞かせてもらうあいだはあの子がいると困るものね。で？　ジェロームは何て？　どんな言いがかりをつけられたの？」

「そうよ、ジェロームのオフィスから出てきたときの兄さん、頭から湯気を立ててたんですって？　目撃者から知らせが入ってるわよ」

ケイレブは肩をすくめた。「相変わらずだよ。ティルダもプロジェクトも信用ならないと息巻いてる。〝ファー・アイ〟の価値を理解できていないんだろう。それに、ばばさまの結婚命令の一件で自分が悪者にされたことをまだ根に持ってる」

二人は続きを待っている。

「それだけじゃないでしょう」祖母が促した。

「ほら、兄さん」マディもうなずく。

「それだけだよ。いつもどおり、気ばかり張る不愉快なやりとりを強いられた――それだけだ」ケイレブはあたりを見回した。「ティルダは？」

「出かけたわ」マディが言った。「〝ファー・アイ〟のことでミーティングですって。夕飯に間に合わないかもしれないから、先に始めてて言ってた。兄さんに連絡は行ってないの？」

ケイレブはスマートフォンを取りだした。不在着信はない。メールもメッセージも届いていない。

「ええと」マディが気まずそうに口ごもった。「すごく急いでたのよね。まだ運転中かもしれない」

電話が鳴った。ティルダの名前が表示されていることを期待して画面を見る。

ジェローム。またか？　いいかげんにしてくれ。「失礼」ケイレブは唸るように二人に言ってその場を離れた。

書斎へ入り、ドアを閉めてから応答した。「何ですか？」

「聞かずとも答えはわかっているが、おまえ、女房が今どこにいるか知っているか？」

「いいかげんにしてください」ケイレブは語気を強めた。「あなたとは金輪際ティルダの話はしたくない」

「今、彼女のライブ映像を見ているんだ。おまえも見たいか？」

「ひょっとして尾行をつけているのか？　なんて卑劣なことを！　彼女にちょっかいをかけるのはやめろ！」

「おおかた、買いものに行くとでも言って出ていったんだろう？　それとも女友だちと飲みに行くと言ったか？　それは嘘だぞ、ケイレブ。わたしが見ている映像、見せてやろうか？」

「余計なお世話だ！」

「今、ＵＲＬを送ってやったぞ。写真も一緒にな。気が向いたら見るがいい。本人が言った場所に女房がいるかどうか、その目で確かめてみろ。ゆっくり楽しんでくれ」

電話が切れた。ケイレブは机の上のパソコンを見つめた。手を伸ばし、キーに触れて起動させる。

明るくなった画面にパスワードを打ち込み、メールアプリを開いた。ジェロームから届いているのは二通。一通に圧縮ファイルが添付されている。ケイレブはそれを開いた。ティルダのスナップ写真だった。車から降りるところ。道を歩いているところ。カートライトホテルの前に立っているところ。薄暗いダイニングバーのテーブルに一人ついて、スマートフォンを見ているところ。立ち上がっているところ。そこには男の後ろ姿が加わっている。フード付きのパーカーを着た、がっしりした長身の男。

次のショットで二人は向かい合って座っている。ティルダは真剣な顔をして男のほうへ身を乗りだしている。見栄えのいい男だ。表情は険しい。

ケイレブはもうひとつのメールを開いた。こちらは、ライブ映像へのリンクが張られているだけだった。

それをクリックした。尾行者は観葉植物の陰にスマートフォンを隠しているらしく、画像を縁取るように緑の葉が映り込んでいる。ティルダが何かしゃべっている。

ケイレブはスマートフォンを出してティルダの番号を押した。画面の中でティルダが着信音に反応する。断りを入れるように男をちらりと見てから、スマートフォンを耳にあてる。「もしもし、ケイレブ？」

「やあ。さっき帰ってきたんだ。きみも帰ってるかと思ってたんだが」

「急に〝ファー・アイ〟のことで人に会わないといけなくなって」

「らしいね。マディから聞いたよ。ジュリア・ホアンだろう？　彼女、香港から来てるのかい？」

パソコンの画面に目を凝らした。ティルダはためらっている。

「え、ええ」彼女はそう言った。「ちょっと長引くかもしれない。夕飯、先に食べててね。ああそれから、今夜はアニカ、マディのところに泊めてもらうことになってるの。パシフィック・サイエンス・センターでやってる『ピタゴラスの夢』展に明日の午前中、行くんですって」

「わかった。それじゃ、またあとで」

「できるだけ早く帰るわ。じゃあね」

通話は終わった。画面の中のティルダがバッグにスマートフォンをしまい、ふたたび相手のほうへ身を乗りだす。

大事な用件に戻れた、ちょっと邪魔が入ったけれど、というわけか。

気がつくとケイレブはスマートフォンを持つ手に力を込めていた。握りつぶさんばかりの力を。

どこまで話していたのか思い出すのに、少しかかった。ケイレブに嘘をつきたくはなかったが、ファイルのことを明かすべき時は今ではない。

今夜、帰ったら。今夜、すべてを彼に打ち明けるのだ。

ティルダが電話を切ったとき、ウェストンのほうも電話中だった。「……そう、エクストララージサイズのタオルを四枚。急ぎで。そう、四〇八号室。うん、よろしく」

彼はスマートフォンをテーブルに置くと、湿った黒髪を指で梳いた。仮面のようにこわばった顔はうっすら汗ばんでいる。

「ランニングしてきたの？」

「ああ。ストレスを解消したくてね。シャワーも浴びてなくて申し訳ないが、待たせるよりはいいかと」

「平気よ。効いた？　いえ、その、ストレス解消に」

ウェストンは肩をすくめた。「あんまり。でも、何もしないよりはましだ」

「覚えてるわ。リオでのあなたのスケジュール。朝十時にはホテルのジムへ行く。二時間みっちりトレーニングする。毎日、欠かすことなく」

「毎日、同じ時間にやらないとだめなんだ。そうしないとぼくにとっては意味がない」彼は首を振った。「ストレスに対処する方法は人それぞれだ。だがきみの方法ほど画期的なものはないよ、ティルダ。敢えて不倶戴天の敵と結婚するとはね。ぼくとの約束なんてくそ食らえというわけだ」

「ウェストン、お願いだから、わかって。わたしだって、はじめは断固としてモスと闘うつもりだった。でも、あれから状況が変わったの。それに父が言うには、あのファイルの信憑性は低いらしいの。ナオミはあんなことができる人じゃないって。仮にあれが真実だったとしても、モスの幹部も世代交代してるのよ。若い彼らを責める意味がある？」

ウェストンの目は冷ややかだった。「あの男に気があるなら、言ってくれればよかったんだ」

ティルダは手で払うようなしぐさをした。「リオであなたと話し合ったときは、全然そんなんじゃなかった。九年も会ってなかったんだもの。でもね、想像してみて。あなたがわたしで、親の会社と八百人の雇用と四十年にわたる苦難を救う方法が見つかったとするわね。それをみすみす棒に振る？　友好的買収が最善の選択だったの。だからわたしと父はそれを選んだ」

「きみとぼくは協定を結んだ」硬い声でウェストンは言った。「忘れたのか？」

「だから〝ファー・アイ〟への出資は結構よ。ほかをあたるわ」

ウェストンの目が鋭くなった。「〝ファー・アイ〟をモスにくれてやるのか？　ベッドでのあいつはそんなにいいか？」

「ウェストン、個人的な話は――」

「百億にも値するアイデアを差しだしても惜しくないぐらい、いいのか？　いったい何のために？　モス一族の仲間に入れてもらってぬくぬくと暮らしたいか？　父一人、子一人で育ったかわいそうな少女がついに安住の地を得るのか？　痛い目に遭うのがおちだぞ」

「余計なお世話よ、ウェストン」

「悪いことは言わない。どんな幸せな家庭を夢見ていたのか知らないが、束の間の夢で終わったな。モスのやつらはもうおしまいだ」

「二十三年前の話じゃない！　今、会社を動かしてるメンバーは、当時はまだほんの子どもだったのよ！　どんな理由があるにしたって、あなたは間違った相手を懲らしめようとしている。ケイレブやマディやマーカスにいったいどんな恨みがあるっていうの？」

「きみには話さない。もうきみは向こう側の人間だから」

ウェストンの目を見れば、これ以上何を言っても無駄なのは明らかだった。それほどまでに彼の怒りはすさまじかった。

もはやこれまでだ。モステックは終わる。ライリー・バイオジェンももろともに。

「ジャーナリストのお友だちにファイルを渡したの？」

「明日渡す。モスのやつらに知らせるなら知らせるがいい。今さらどう足掻いたって遅い」

「じゃあ、話し合いの余地はもう残されてないのね」

ウェストンはかぶりを振った。

「だったらどうしてわたしをここへ呼んだの？」

「最後にもう一度だけ言いたかった。きみは負け馬に賭けているんだぞと。だが、無駄だったようだ。助かるチャンスをきみは自分でふいにした」

ティルダはバッグをつかんで立ち上がった。「どうしてもやりたいのなら、やればいいわ、ウェストン」

「もちろん、やるとも」

店を出ると悔し涙があふれた。自分自身にも腹が立つ。最悪の事態に備えなければいけないときに、ケイレブとの家族ごっこにかまけていたのだから。

ティルダはまっすぐ父の家へ向かった。

ドアを開けて娘の泣き顔を見た父は、気遣わしげに言った。「ハニー？　どうしたね？あいつに何をされた？」

「ケイレブじゃないわ。ウェストン・ブロディよ。会ってきたわ」

「そうか」ハーバートはティルダを請じ入れた。「おまえがファイルを使わなかったから怒っているんだね？」

「原本を使ってモスを破滅させるって」ティルダは顔をくしゃくしゃにして泣きじゃくっ

た。「もうおしまいよ、父さん。モステックが潰れればライリー・バイオジェンも終わるわ」

ハーバートはティルダを抱き寄せた。「ああ、ハニー、かまわん、かまわん。命まで取られるわけじゃなし」

「でもケイレブはきっとわたしを憎む」ティルダはか細い声で言った。

「憎んだりするものか。おまえは何も悪くない。夫婦で乗り越えるんだ。おまえたち二人の頭脳と資質を合わせれば、いずれは大きく成功するに違いない」

「怖いのよ、何もかもがおしまいになりそうで。アニカだってあんなに彼に懐いてるのに……」ティルダは父の胸の中ですすり泣いた。

やがていくらか落ち着いた娘を連れて、ハーバートはキッチンへ入っていった。「ウイスキーでも飲むかね？」

ティルダは泣き笑いをしながらティッシュを取ると、鼻をかんだ。「ありがとう。でも運転して帰らないといけないからやめておくわ」

「だったらハーブティーはどうだ？　おまえが買って置いていったのがある。グリーンティーだったか、ホワイトティーだったか、ほら、胡椒（こしょう）入りの変わったお茶だよ」

ハーブティーを飲み終えたティルダに、泊まっていくよう父は強くすすめたが、彼女は断った。「ケイレブに事情を話さないと。今夜はアニカがマディのところへ行ってるからちょうどいいの。ごめんなさい、父さん。ライリー・バイオジェンを救えなくて」

「おまえはできるかぎりのことをしてくれた。勇敢な戦士だ。わたしはおまえのことが誇らしい」

父の言葉には励まされたものの、ケイレブの家のガレージに車を入れるときには、家へ帰り着いたという安らかな気持ちにはとうていなれなかった。感じているのは緊張と不安だけだった。

ティルダは家の中を見回した。静かだ。テレビの音も音楽も聞こえない。書斎のドアは開いているけれど明かりは消えている。「ケイレブ?」呼んでも答えはなかった。

階段を上がってベッドルームのドアを開けると、彼はそこにいた。眠っている。

「ケイレブ?」ティルダはそっと声をかけた。「起きてる?」

返事はない。夜中の一時過ぎとは言え、いつもなら二人でくつろいでいる時間だ。なのにケイレブはぴくりとも動かない。

起こそうかとも思った。きちんと話をしなければならないのだから。でも、気持ちよく熟睡している人を無理に起こして不愉快きわまりない知らせをもたらす気には、どうしてもなれなかった。

しかたない。明日にしよう。アニカが帰ってこないうちに、朝食の折にでも。悪夢のようなウェストンの企てが現実になってしまう前に、せめて心の準備をしておいてもらうために。

ティルダは明かりをつけずにパジャマに着替え、歯を磨いた。ベッドに入り、ケイレブに寄り添おうと横向きになったものの、彼の背中が壁のように感じられて近寄れなかった。だからごろりと仰向けになって天井を見つめ、頭の中で明日の会話のリハーサルをした。

眠りは、はるか遠くにあった。

18

ティルダはびくりとして目を覚ました。恐ろしい夢を見ていた。広い海で溺れている夢。あたり一面に難破船の残骸が浮いていた。ケイレブを起こしてしまったかもしれない。そう思って隣を見た。

彼はいなかった。

この家へ来て以来、こんな朝を迎えるのは初めてだった。二人で早くに目覚めてキスしたり抱き合ったり、時間があればもう少し――いや、もっともっと、いろいろなことをして楽しむのが恒例だった。目覚めのあとは、とろけるように幸せなひとときだったのだ。ケイレブの腕の中で眠りにつかなかったのも初めてなら、一人で目覚めるのも初めてだった。

彼は、知ってしまった。

唐突にそう思った。だから昨夜、呼びかけても返事がなかったのだ。だから今朝、早々にベッドからいなくなったのだ。でも、いったいどうやって知ったのだろう？

胸をざわつかせながらティルダは部屋を出て、ケイレブの姿を捜した。コーヒーができていなかった。これも初めてのことだった。カウンターにメモが置いてあった。

〝走りに行ってくる〟

末尾に彼の名もなければ、愛してるの一言もない。ピリオドさえなかった。明らかにいつものケイレブとは違う。

ティルダは両手をぎゅっと拳にして、ぽっかり穴が開いたようなみぞおちに押し当てた。〝走りに行ってくる〟――ウェストンみたいだ。前にケイレブは言っていた。毎朝二時間のハードなトレーニングがストレス解消になるのだと。

ティルダがこの家へ来てからは、それに代わる手段がいくらでもあったのだ。

ケイレブはあのことを知ってしまった。そして猛烈に怒っている。

ティルダは二階へ戻り、シャワーを浴びながら懸命に考えた。ウェストンは朝二時間のトレーニングに固執している。よほどのことがないかぎり、その習慣を崩そうとはしない。ファイルは部屋の金庫にしまってあるのだろうか。でも、ホテルに備えつけの小さな金庫には入らないはずだ。かといって、まさかあれを抱えて筋トレやジョギングをするわけではあるまい。

ああ、わたしはいったい何を考えているの？　自分自身に呆れる一方で、髪を乾かし化粧をするあいだも、ティルダは作戦を立てるためにめまぐるしく頭を働かせていた。高級ホテルの似合う女に見える装いをしなければ。ウェストンがジャーナリストに会うのは午後からでありますように。とにかく急がなくては。躊躇している暇はない。

わたしが蒔いた種でなくても、悲劇を食い止められるかもしれない人間はわたしだけなのだから。

人の不正な行動を阻止するために不正な方法を使うというのも、どうかとは思う。けれど、切り札を切らなかったのは、あれを使うのは間違っていると父が言い、わたしもそう感じたからだ。ということは、ウェストンが使うのだって間違っているという論理が成り立つ。

ああ、だけど。いったいいつからわたしはそんなに偉くなったの？　何が正しくて何が間違っているか、断じられるほどに。

道徳的見地から言えば、これからしようとしているのは褒められることではないだろう。でも、背に腹は代えられない。ふらつきながらでも前へ進むしかない。ものすごく怖いけれど、何もしないでめそめそ泣いているよりは、大切なもののために行動を起こすほうがいい。あのファイルを処分するのだ。

わたしには責任がある。

スマートフォンが光り、画面にジェロームの名前が現れた。

嘘だろう？　また？

ケイレブはしぶしぶ、走るのをやめて歩きだした。ファスナーを剥がし、腕に固定してあったスマートフォンをはずす。冷静にティルダと話すためになんとかして神経を静めようとしているところなのに、ジェロームからの電話とは。

ケイレブはキッチンの通用口から家へ入った。着信音が鳴り止んだのでほっとしたのも束の間、またすぐに鳴りだした。

「ティルダ？」大きな声で呼んだ。「起きてるかい？」

返事はない。ケイレブは電話に応答した。「今度はいったい何なんですか？」

「ティルダがどこにいるか知っているか？」ぞっとするような嘲りの口調だった。

「何度言えばわかるんだ」

「おいたがまた始まったぞ。どこにいるか教えてやろうか？　最新の写真を送ろう」

霧が立ちこめる灰色の湖を見るともなく見つめるうちに、胸の奥底から不安が湧いてきた。「いつまで続ける気ですか」

「わたしの大事な会社が危機を脱するまでだ」

「もう一度言います。ティルダにかまわないでください。彼女をつけ回すのは即刻やめていただきたい。われわれのことはわれわれで解決します。あなたに首を突っ込んでもらわずとも結構」

「またカートライトにいるぞ。昨夜だけでは満足できなかったと見える。朝も早よからお代わりをしに行った」

「いいかげんにしろ」ケイレブは電話を切り、大叔父の番号をブロックした。

そこまでしておきながら、昨日同様、書斎へ入りパソコンを開かずにはいられなかった。

また写真が送られてきていた。パソコンショップへ入っていくティルダ。車に乗り込むティルダ。下ろしたままの髪が大きく波打っている。シルクのブラウスにエレガントなパンツスーツ。踵の高いブーツ。ダークレッドの口紅。あの黒髪の男と朝食でもとるのか。

カートライトの回転扉を抜けるティルダ。まっすぐエレベーターへ向かうティルダ。目指す場所はただひとつとでもいうかのように。

ケイレブは鍵をつかんで飛びだした。こっちも目指す場所はひとつだ。

着いたら大暴れしてやる。

19

ホテルの廊下をティルダはさりげない足取りで往復した。ウェストンは部屋におらず、清掃員が入っている。客室のマスターキーはランドリーカートにチェーンでくりつけられていて、そのカートも四〇八号室の室内にある。だから電話をかけるふりをしながら様子をうかがっているのだ。パソコンショップで購入したカードリーダーをバッグに忍ばせて。

やがて、四〇八号室から、清掃用具とリネン類を満載したカートがゴロゴロと出てきた。押しているのは疲れた顔をした中年女性だ。

廊下の向こうのほうから、別の清掃員がスペイン語で彼女に何か言っている。ティルダはスマートフォンを耳にあてたまま、カートから下がるマスターキーに近づいた。距離が五センチ以内でなければカードリーダーは作動しない。

清掃員同士のやりとりが終わると同時に、バッグの中でカードリーダーが緑の光を放った。やった。ティルダは向きを変えると、通話中の演技を続けながら製氷機のそばのアルコーブまで戻った。そこですばやく新たなカードをプログラムして、マスターキーを複製した。これがあればウェストンの部屋へ入れる。でも、清掃員たちが次の部屋へ入って作業を始めてくれないと時間がない。ウェストンがいつ戻ってくるかわからない。ティルダはエレベーターに乗り込んで一度上まで行き、ふたたび四階へ戻ってきてエレベーターから降りた――

そのときだった。階段室からウェストンが現れた。着ているトレーニングウェアは汗だくで、スマートフォンに見入っている。

まずい。近くの部屋のドアが開いているのが目についたので、そこへ飛び込んだ。清掃員が二人がかりでベッドのシーツを取り替えていた。ティルダを見て、戸惑った顔を見合わせている。

ティルダは引きつった顔で笑ってみせた。「あら、ごめんなさい！　部屋を間違えちゃったみたい。失礼しました」笑いながら後ずさりして廊下へ出ると、ちょうど四〇八号室のドアが閉まるところだった。ウェストンは部屋にいる。ああ、どうしよう。

廊下を歩きだしたティルダは、四〇八号室の前へさしかかると歩調をゆるめた。水の音が聞こえる。ウェストンがシャワーを浴びはじめたようだ。いつまでも廊下をうろついているわけにはいかない。清掃員に顔を見られているのだ。彼女たちが出てきたら怪しまれるに決まっている。やるなら今だ。

今しかない。

ティルダはカードキーをセンサーにかざした。ロックのランプが緑に変わる。

そろそろとドアを押し開けると、バスルームのドアは閉まっていた。よかった。ティルダは足音を忍ばせて部屋へ入った。ツインベッドはどちらも整えられており、片方の上にスーツケースが広げられている。

中を探った。衣類のあいだに、黄ばんで染みのついたアコーディオンファイルが見えた。それを引っ張りだす。中身は日誌の原本と、実験データをプリントアウトした用紙の束だ。

小脇にファイルを抱えて部屋を出ると、静かにドアを閉めた。エレベーターへ向かいながらファイルをショルダーバッグに押し込む。心臓が口から飛びだしそうだった。

ティルダは途中で足を止めた。エレベーターに乗るのはやめて、回れ右をする。階段を使えば一階の裏口から出られる。そのほうがずっと安全だ。知らず知らず小走りになりかけては、自分に言い聞かせた。走ってはだめ。ウサギじゃあるまいし。泥棒じゃあるまいし。

こうする必要があったのだ。わたしは正しいことをした。そう思っているのに、晴れ晴れとした気分にはなれなかった。

四〇八号室。ウェストン・ブロディ。

ホテル脇に車をとめていたジェロームの手先から、ケイレブは黒髪の男の名前と部屋の番号を強引に聞きだした。乗り込んだエレベーターの扉が四階で開くと、自分を鞭打つようにして歩を進めた。足が鉛のように重い。昨夜までは有頂天になっていた。高く舞い上がりすぎて、自然の法則を忘れていた。

高いところからは落下するのが道理。魔法は解けたのだ。ケイレブは真っ逆さまに落ちて、落ちた先にはごつごつした岩が転がっていた。

廊下の先で客室のドアが開き、ケイレブは製氷機の脇のアルコーブにさっと隠れた。天井近くに取りつけられた防犯ミラーに廊下が映っている。

ティルダ。凸面鏡に映る姿は歪んではいるが、間違いなくティルダだった。ショルダーバッグに何かを突っ込もうとしている。きょろきょろあたりを見回している。顔は険しい。エレベーターに乗るつもりなら、目の前を通る。

真っ向から向き合うことになれば、それでいい。こんなふうにこそこそするのは自分たちらしくない。はっきりさせなければならない。たとえそれによって温かな日々が崩壊するとしても。

ところがティルダはエレベーターには乗らなかった。くるりと向きを変えると階段のあるほうへ歩きだした。ケイレブはアルコーブから出た。もしティルダが振り返れば、こちらの姿が見える……が、彼女は振り返らなかった。何かがケイレブの喉を強く締めつける。悲しみか怒りか、それとも嘆きか。

だめだ。こんな状態でティルダと向き合ってはいけない。

階段室の扉が閉まった。非常口を示す赤いサインが網膜に焼きつくほど、ケイレブはそこを凝視しつづけた。どちらへ向かって足を踏みだすべきか考えた。いずれにしても、行き着く先で得るものはない。失うのみだ。

ケイレブは四〇八号室の前にたたずんだ。誰かがシャワーを浴びている。耳を澄ましていると、ほどなく水音はやんだ。ドアをノックする。

「清掃の人？」男の声がした。「余分のタオル、あるかな？」

「ええ」気づくとそう答えていた。

「ちょうどよかった」ブロディがドアを開け、ケイレブを見ると訝(いぶか)しげに眉をひそめた。

大きな男だった。端整な顔に筋肉質の体。腹筋は割れ、顎がやや突きでている。目は黒に近い。量の多いぼさぼさ髪も黒い。腰にタオルを巻いている。

ブロディが口を開いた。が、言葉が発せられる前にケイレブはパンチを食らわせた。ブロディは床にひっくり返った。

反撃はすさまじかった。二人は唸りをあげ、罵り合い、取っ組み合った。タオルが落ちてもブロディは怯まず全裸で向かってきた。目に向けて突きだされた指をケイレブはよけた。股間を狙う膝蹴りをかわした。だが、その拍子によろめいた。一瞬の隙をついて相手の右フックが口に命中し、激痛がケイレブの体を貫いた。

「物盗りか?」ブロディが吠えた。「金目のものなどここにはないぞ!」

「ほう」ケイレブは呻いた。「自分は人の妻を盗っておきながら」

ブロディの表情が変わった。「待て。ひょっとして、ケイレブ・モスか?」

「そのとおり」次のパンチは阻まれた。だが肘打ちがあばらに入るとブロディはよろめいて後ずさり、咳き込んだ。

「待ってくれ!」ブロディは喘ぎながら叫んだ。「ぼくがティルダと寝たとでも思ってるのか? 冗談じゃない!」

「真に迫ってるな」ケイレブは相手に向かって突進した。

ブロディは両手を上げて後退した。「ちょっと休戦だ。そっちが本当に望むなら喜んで叩きのめしてやろう。だがその前に、お互い、はっきりさせようじゃないか。いったいどういうわけでぼくがティルダと寝てると思った？」

　ケイレブは出血した唇と鼻をぬぐった。「何もかもわかってるんだ」

「全然わかってない。そりゃ、チャンスがあれば逃さなかったさ。ティルダがチャンスをくれれば。だが彼女はどんな男にも決して隙を見せない。その理由がたった今わかった。あんたみたいな野蛮な原始人に惚れてるんじゃ、しかたない。まったく、どうかしてるよ、ティルダは」

「彼女がこの部屋から出ていくのを見た。それでノックしたらおまえが現れた。素っ裸でな」ケイレブは、かかってこいというしぐさをした。「どっちかがくたばるまでやり合うしかないだろう」

「彼女を見た？」ブロディは血の止まらない鼻をつまんだ。「来てないぞ。昨夜、下のバーでは会ったが、ティルダがこの部屋へ来たことはない」

「悪あがきはやめろ。ここから出ていくティルダをこの目で見たんだ。五分前に」

　ブロディがぴたりと動きを止めた。ハッとしたようにベッドの上を見やり、息をのむ。

「まさか。嘘だろ！」スーツケースに飛びかかるとブロディは中を引っかきまわした。「ああ、くそっ！」

　大声でわめきながらスーツケースをベッドから払い落とす。かたわらのテーブルにそれがあたってランプが倒れた。「持っていかれた」呻くようにブロディは言った。

「何をだ？」

「ファイルだ！」ブロディの顔は怒りにどす黒く染まっている。

ケイレブの頭が、すっと冷えた。「原本か。それをティルダが持ち去ったのか？　ナオミのこと、スリランカの研究所のことが記されている日誌を」

ブロディは血のついた自分の手を見下ろした。床からスウェットパンツを拾い上げて穿(は)く。「そうだ。モス一族が人殺しであることを証明するファイルだ。ティルダは昨夜ぼくと会った。あんたたちがどれほど善良で優れた人々か、ぼくに納得させようと必死だった。ぼくは彼女を見くびっていたんだな。しかし警察にしょっぴかれたんじゃあ、彼女も勝ち誇るわけにいかないだろう」

ケイレブは愕然(がくぜん)としてブロディを見つめた。「おまえ、まさか――」

「もちろん通報するさ」ブロディは耳障りな声で笑った。「まだやりたいなら、かかってくるがいい。とことんあんたを打ちのめすぐらいしか、気分を晴らす方法はなさそうだ。さあ、来いよ」指を動かして挑発する。

ケイレブはかぶりを振った。「期待に添えなくてすまない。ぼくは思い違いをしていたようだ」

ブロディは苦々しげに笑った。「皮肉なものだな。あんたは自分がティルダにコケにされたと思い込んで乗り込んできた。ところがどっこい、その栄誉に浴するのはこのぼくだったというわけだ」

ケイレブはドアへ向かってじりじりと後ずさった。「いいか、ティルダにかまうんじゃないぞ」

ブロディがケイレブの鼻先でドアを叩きつけた。

ケイレブは廊下をふらふらと歩いた。惨めだった。恥ずかしかった。そして怖かった。これからどうなるのかと思うと。

リスクはますます高まった。自分が拳を振りまわして乱入したばかりに、事態は悪化してしまった。

実に見上げたものだな、ケイレブ・モス。

20

帰宅するとガレージにケイレブのポルシェはなかった。どうやら今日は、徹底的にこちらを避けるつもりらしい。

家へ入ったティルダは部屋から部屋へと歩きまわった。朝から風が強かったが、いつの間にか雨も降りだしていた。窓を洗う雨が、外の木々を揺れる緑の影に変えている。「ケイレブ?」

やはり彼はどこにもいなかったが、書斎を覗くとパソコンが開かれたままになっていた。閉じようとすると手がキーボードに触れ、画面が明るくなった。

現れた画像にティルダは息をのんだ。

自分の姿だった。カートライトホテルの入り口から入っていこうとしている。撮られたのは今朝だ。

ティルダは気を取り直し、写真を閉じた。それはフォルダに格納されたJPEGファイルのうちの一枚だった。ほかをクリックしてみる。ホテルの回転扉を抜ける自分。エレベーターに乗り込む自分。同じフォルダに四十枚の写真が入っていた。フォルダはほかにもあった。

最も古いものは一カ月近く前に撮影されていた。ビーチのコテージから戻った二日後のフォルダには、全部で八十もの写真が入っていた。一枚をクリックしてみると、モールから出てきたティルダとアニカだった。アニカは手に大きなクッキーを持って、思いきり笑っている。

衝撃的だった。自分だけでなく、大事な娘までが何者かにつけまわされ、盗み撮りされていたとは。信じているだの共同戦線だのと口では言いながら、ケイレブはスパイを使ってこちらの動きを監視していた。

朝から晩まで。来る日も来る日も。自分が法を犯してまで守ろうとした絆は、そんなものだった。

ケイレブの言う信頼とは、その程度のものだった。

これは悪い夢？　宙を漂っているような気分だった。ティルダはウィンドウを閉じ、パソコンをたたんだ。時間がない。くよくよするなんて、そんな贅沢は後回しだ。やるべきことがたくさんある。ケイレブがいないうちに終わらせたほうがいい。真意のわからない人に気を散らされる前に。

取りかかったことを最後までやり遂げなければ。

自分とアニカのスーツケースをクローゼットから出してきたティルダは、まずアニカの部屋へ入った。衣類、本、パソコン、学用品をかき集める。続いてケイレブのベッドルームへ行き、自分のものを手当たりしだいに詰め込んだ。

スーツケースを車に積んでまた戻り、暖炉の前に膝をついた。くしゃくしゃに丸めた紙のまわりに焚きつけを置き、火をつける。炎がパチパチと音をたてだすのを待って太い薪を加える。大きく燃え盛る火が必要だった。過去の亡霊を灰にしてしまえるだけの火が。このファイルを地球上から永遠になくしてしまいたいのだから。

ケイレブの車の音がしてもティルダは振り向かなかった。これから儀式を行うにあたって、彼がそばにいるかどうかはもはやどうでもよかった。だからドアの開く音にも振り向かなかった。背後に足音がしても。

「ティルダ」ようやく声がした。「頼む。こっちを向いてくれ」

頼みごとをする権利なんかあなたにはない。そう思うのに、知らず知らず振り向いていた。

一瞬、息が止まった。彼はひどい有様だった。顔は血だらけで、スウェットシャツもあちこち赤く染まっている。唇が切れ、鼻は腫れ上がっている。この分だと、明日には目のまわりが真っ黒になっているだろう。

「どうしたの！　電柱にでも突っ込んだの？」

「四〇八号室の男」

平然と構えていようと思っても、勝手に顔がこわばった。「カートライトホテルまでつけてきたのね？　そしてウェストン・ブロディに襲いかかった」

「ぼくはあいつときみの仲を疑っていた」

その言葉はティルダの胸を貫いた。心身は凍りついたようになっているのに、痛みはすさまじかった。ティルダは暖炉のほうへ向き直ると、火の中に薪を一本、注意深く置いた。

「今も疑ってる？」

「いや、もうわかった。ぼくが勝手に勘違いをしていたんだ」

「よかった。今は誤解を解くためにあれこれ説明する気になれないから。でも正直に言えば、もう全部どうでもいいの」

「ティルダ、ぼくは――」

「まず最初にわたしと話そうとは考えなかった？　見ず知らずの他人をいきなり攻撃する前に」

「ぼくは浅はかだった」ケイレブは認めた。「ファイルのこと、ブロディから聞いたよ。きみに持ちだされたと知ってひどく動揺していた」

「持ちだされた、じゃなくて、盗まれた。わたしは盗みを働いたの、ケイレブ。はっきり言ってくれていいのよ」

「いったいどうやってあの部屋へ入り込んだ?」

顔を見られたくなくてティルダは横を向いた。「カードリーダーを買ったの。清掃員のカートにマスターキーがついていたから、近づいてコピーして、新しいカードをプログラムした」

「知らなかったよ。きみがそんなことをやってのけられる人だったとは」

ティルダは小さく笑った。「あなたが知らないことはたくさんあるわ」ファイルを持ち上げて続ける。「これはジョン・パドレグが書いた日誌よ。二十三年前、スリランカの研究所の所長だった人。これと、ファイルに入っている実験データのコピーを突き合わせると、ジェローム、エレイン、ナオミ、バートラムが集団中毒事件を隠蔽したと推論できるようになっている。耐寒性穀物の実験株において有毒カビが増殖したらしいわ。三カ月ほど前にリオで技術会議が開かれたんだけど、そこでウェストン・ブロディに会って、〝ファー・アイ〟への出資のことで話をしたの。彼、ベンチャー投資家なのよ。知り合って数年になるわ」

「言われてみれば、聞き覚えのある名前だ」

「業界では知られた人物よ。モステックがライリー・バイオジェン買収に動きだしていると教えてくれたのも彼。そのときこのファイルを提供されたの。これを切り札に、モステックに対抗しろって」

「いつ使うつもりだった？」

「使うつもりはなかった。初めてあなたたちと話し合った日に、使わないと決めたの」自分の声がどこか遠くから聞こえてくるようだった。「最初から気は進まなかったし、やめろと父にも言われたし。カリフォルニア工科大でナオミには世話になったんですって。彼女がそんなことをするなんて考えられないと父は言ったわ。正義感の強い人だったそうよ。父はジェロームのことさえ擁護した。忌まわしい男だが、人を死なせて平気でいるわけはない、って。だからわたしはこれを使わなかった。使わずに、あなたと結婚することを選んだ。あなたを信じて」ティルダはごくりと唾をのんだ。「でもあなたは、わたしを信じてはくれなかった」

「ティルダ、本当にすまなかったと――」

「やめて」ティルダは暖炉に向き直った。「いずれにしても、ファイルはなくなった。わたしが持っていたのは空き巣に持っていかれたの。心配しなくても、わたしが切り札を切ることはないわ。わたしが言っても信じないでしょうけど」

「それは違う」

「ウェストンはモステックが潰れるのを待っていたけど、そうならないとわかると自分で手を下そうとしたわ。わたしは彼に会って、思いとどまるよう説得を試みた」ティルダはファイルを開くと日誌とプリントアウトを取りだした。「そのときの彼の怒りようは普通じゃなかった。モスをそこまで憎んでいるのかと、驚いたわ」

ティルダは紙の束を暖炉に差し入れ、炎が勢いよく襲いかかる様子をじっと見つめた。燃え尽きると今度は日誌を手にして、火にかざした。表紙の厚紙が反りかえり、黒ずみ、じわじわと縮み、ねじれる。

二人が無言で見つめるうちに日誌は消えていった。もはやそれはただの黒い燃え殻でしかなかった。

ティルダはつぶやいた。「父のところから盗まれたコピーは残ってるけど、行方知れずじゃどうしようもないわね」

「あれは……ジェロームの手に渡ったんだ。空き巣はあの人の差し金だった」

ティルダは驚き、笑った。「ええ？　それは思ってもみなかった。あなたはいつから知ってたの？」

「昨日の午後、役員会のあとで知った」

「そう。ジェロームの手に渡ったのなら、間違いなく処分済みね。残る問題はただひとつ、わたしが窃盗の罪で収監されているあいだ、アニカをどうするかだわ」

「ブロディは警察に通報するだろうか？」

「するに決まってる。わたしがファイルを使わなかったと知っただけで激怒していたんだもの。それに、なんのかのと言っても、やっぱりこれは犯罪でしょう。窃盗かスパイ活動か、どんな罪名をつけられるのかはわからないけど」

「それにしても、あいつはなぜそこまで——」

「わからないことはたくさんあると思うけど」ティルダは彼をさえぎって言った。「お願いだから、わたしがいないあいだは気をしっかり持って、父がアニカの面倒を見るのを助けてあげて」

「きみはいなくならない。ぼくがそうはさせない」

ティルダは立ち上がり、両手でパンツをはたいた。「もっと大人になって。あなたはまだ自分がすべてをコントロールできると思ってるようだけど、それは幻想よ、ケイレブ」

そう言うと、戸口へ向かって歩きだした。

「ティルダ」ケイレブがついてくる。「それほどぼくのことが腹立たしいなら、なぜファイルを燃やしたりした？　なぜ、あれを使ってモステックを潰そうとしなかった？」

ティルダは玄関のドアを開けると、その場で足を止めた。「もういいじゃない。さっさと終わりにしましょう」

「終わり？　何を終わりにする必要があるんだ」

ティルダは彼を見つめた。「冗談よね？」

「いたって真面目だ」

驚いた。あんなことをしておきながら、まだとぼけるつもりなのか。

ティルダはかぶりを振ると外へ出て、車まで歩いた。「警察が来たら、わたしは父のところにいると伝えて。あちらで逮捕されるほうがまだましだわ」

「ティルダ、待ってくれ。ちゃんと話し合って――」

「これ以上話すことなんてない」ティルダは肩越しにケイレブを見た。「マディのところへ寄ってアニカを拾っていくわ」

ケイレブは驚いた顔になって立ち止まった。「でもアニカは……」

「ああ、安心して。あなたをあの子に会わせないとか、そういうばかげた意地悪はしないから。わたしがどうなるかわからない以上、あの子にはあなたが必要だもの。そのつもりでいてね」

「うちの法務チームに動いてもらおう。きみはモステックのためにやったんだ。一人で背負い込むことはない」

「もうあなたには関係ないことよ。さようなら、ケイレブ」

ティルダは運転席に乗り込みエンジンをかけた。無表情を保とうと努めたが、長くはもたなかった。

それでも、マディの家に着くまでにはなんとか立ち直った。荷物をまとめながら、アニカがする『ピタゴラスの夢』展の話を笑顔で聞くこともできた。マディと一緒にレモンカップケーキを焼き、レモンバタークリームでフロスティングを施して、レインボーカラーの粒々を飾るのも楽しかったらしい。

心の動揺はうまく隠せていると思っていたのに、別れ際にマディが心配そうな顔をして小声で言った。「何もかも順調？　変わりない？」

「もちろんよ」ティルダは笑って答えた。

遅かれ早かれマディにも知られることだが、今この場では、アニカの前では、話したくなかった。

アニカがチャイルドシートに収まった。カップケーキを大事そうに抱えている。イベントに参加したあとは饒舌(じょうぜつ)になるのがいつものアニカなのだが、今日はすぐにおとなしくなった。

「ママ？」やがて彼女は、慎重な口ぶりで言った。「これ、道が違うよ。なんで後ろにスーツケースがのってるの？　あとパソコンとか」

「あのねアニカ、これから当分のあいだ、ママと一緒におじいちゃんちで暮らすのよ」精いっぱい明るい声を出す。「おじいちゃん一人じゃ寂しいじゃない？　泥棒に入られたのがよっぽどストレスだったのね、夜もあんまり眠れてないみたい。だからね、しばらく一緒にいてあげたら気も紛れると思うの」

　互いに無言のまま数分が過ぎ、アニカがまた口を開いた。「パパとさよならしたんだね」

ティルダは必死に平静を保って言った。「ああ、うん……ちょっと距離をね、置いたほうがいいみたいなの」

「あたしのせい？」消え入るような声だった。「パパがあたしのこと、もういらないって？」

「とんでもない！　全然違うわ。あなたはなんにも関係ない。パパはあなたのことが大好きよ。モスの人たち、みんなそう。これはパパとママのあいだだけのことなの。あなたはこれまでとおんなじようにパパともマディたちとも一緒に過ごせるから。それはママがちゃんとそういうふうにするから。あなたに会えないなんて、みんな耐えられないもの」

アニカが顔をくしゃくしゃにして、囁いた。「家族でいたかったな」

ティルダは車を路肩に寄せた。涙で視界が曇って運転できない。いったん外へ出て後部座席へ移り、娘を抱きしめた。

「ママもよ、アニカ」涙声でティルダはつぶやいた。「ママもとっても残念だわ」

二人を見た父は驚いていたが、すぐにブリッジの予定をキャンセルし、夕食を三人分にするよう家政婦に依頼した。まなざしだけで説明を強く求められたが、ティルダは何も言わなかった。まだ、言えなかった。

祖父と孫がトランプを始めると、ティルダはスーツケースを二階へ運んでアニカの部屋を整えた。小さな歯ブラシとパジャマを取りだそうとしたとき、スマートフォンが鳴りだした。表示されたウェストン・ブロディの名前を目にしたとたん、全身に緊張が走った。

自室に入ってドアを閉め、ベッドに腰を下ろす。「もしもし」

「出ないかと思っていた」ウェストンは言った。「おめでとう、きみの勝ちだ。きみの決意がそこまで固かったとはね。ぼくが甘かった。完敗だ。実にお見事」

「ごめんなさい、ウェストン。できればこんなことしたくなかったんだけど」

「ファイルは処分済み、か」

ティルダは躊躇した。急に、罠かもしれないと思いはじめた。「それについては話せないわ。弁護士に同席してもらわないと」

ウェストンは苦々しげな笑い声をたてた。「きみもさぞかし鼻が高いだろう。殺人集団を告発する最後のチャンスをぼくから奪ったんだから」

「モスは殺人集団なんかじゃないわ。絶対に違う」

「きみがそう信じているのは知っている。ぼくはきみに腹を立ててはいるが、それでもきみがやつらにひどい目に遭わされるかと思うと気の毒だ。きみの旦那はぼくのこともボコボコにしたんだぞ。シャワーから出て、まだ服も着ていないぼくを」

ティルダは顔をしかめた。「その件は本当にごめんなさい。警察はそろそろわたしのところへ来る頃かしら?」

ずいぶん間を置いてからウェストンは言った。「警察には知らせない。どっちみちファイルはもう取り返せないんだし、ぼくが懲らしめたかったのはきみじゃない。それでなくてもきみはモス一族から罰を受ける。きみも、きみの家族も。ぼくの家族がやつらにそうされたように。見ているがいい」

「モス家とは距離を置くことにしたの。今日からわたしはまたシングルマザーに戻ったわ」

「本当に？　やつはずいぶんきみに執着しているようだが。ぼくの顔の青痣と、ひびの入った肋骨と折れた歯が、その証拠だ」

「執着していると言えば、そうね、そうかもしれない。でも、まったく別の意味でよ」ティルダは言った。「彼、わたしに尾行をつけていたの。結婚直後から、ずっと。彼のパソコンに証拠があったわ――大量の写真が」

ウェストンが低く口笛を吹いた。「それはそれは。しかしまあ、驚くほどのことでもないか。あいつもモスなんだからな。結局、きみが身を挺して守ってやったのはそういう恩知らずの人でなしどもだった、真実の愛という名の報いは得られなかった、というわけだ。もしぼくが別の出会い方をきみとしていたら、心から同情しただろうな。あいにく現状、そこまでは難しいが」

「わかってるわ。それじゃあ、ウェストン。見逃してくれてありがとう」

ウェストンが電話を切り、ティルダはスマートフォンをベッドに投げだした。

ドアにノックの音がした。「今、いいかい？」父の声だ。

「ええ」声を絞りだすようにして答える。「どうぞ」

父はゆっくりと部屋へ入ってきた。何か言いたげに開いた口を、ティルダの顔を見てまた閉じた。もう誰も、言うべき言葉を持っていなかった。

だから彼はベッドに腰を下ろすとティルダの体に腕を回し、力いっぱい娘を抱きしめるのみだった。

21

ブー。ブー。ブー。

イヤフォンをつけていても、しつこく鳴るドアブザーを無視しつづけるのは難しかった。ケイレブは椅子を回し、ヘヴィメタルの音を消した。頭を空っぽにしたくてそんな音楽を聴いていた。考えなければ、感じずにいられるから。

少なくとも、いっときだけは。

ケイレブは玄関へ向かった。すべてが素通しの家で居留守は使えない。ガラスが多用された建物のマイナス面だ。

玄関の外でマディが古典的なファイティングポーズを取っていた。腕組みをして胸を反らし、淡い緑と金の混じる瞳で兄を睨めつけている。ここを開けないとただじゃおかないから、と目力だけで伝えてくる。

ケイレブはドアを開けた。「久しぶりだな。会いたかったよ」

「心にもないこと言わないで。わたしのことどころじゃないくせに。騙されないわよ」

ケイレブはため息をついた。張りつめた空気の中、兄と妹は黙って見つめ合った。

「なんてひどい顔なの」マディはスマートフォンを掲げると、すばやくシャッターを押した。「これをばばさまとマーカスに送られたくなかったら、今すぐ、しゃきっとして」

「ひどい顔をしてて当然だろう。言ったじゃないか、ぼくは病気なんだ。うつるかもしれないぞ。ウイルス性肺炎かも。話があるなら、これが治ってからにしてくれ」

マディの目が、すっと細くなった。「ふざけるのはやめて。どいて」兄を押しのけて奥へと進む。「いくら電話しても出ないんだもの。ばばさまからの電話も無視してるでしょ。マーカスからのメールも。今はジャングルだか砂漠だか知らないけど、僻地からわざわざ連絡くれてるのに」

「おまえがマーカスに知らせたのか?」

「当たり前でしょ！　みんな心配してるのよ！　会社の人たちだって心配してるわ」

「そんなはずはない。リモートで仕事はしてるんだ。会社のことは抜かりなくやってる」

「スーツを着てネクタイ締めて、仏頂面でも何でも、とにかく会社に顔を出さないと！」

「うるさい。大きなお世話だ」力は込められなかったが、精いっぱいの啖呵を切ったつもりだった。

「このやりとり、わたしとしたい？　それともばばさまと？　どっちがいいか考えて」

そんなことは考えたくもなかった。

マディはケイレブを従えてキッチンへ入ると、コーヒーメーカーの蓋を開けた。「うわ、何これ」つぶやいて、底にこびりついた澱をこそげ取る。「いつからコーヒーいれてないのよ。頭が働かないのも無理ないわ。ハウスクリーニングはどうなってるの？」

「しばらく来ないでいいと言ってある。体調が戻るまでは他人を家へ入れたくないから」

新しい粉をフィルターに入れながらマディは鼻を鳴らした。「体調ねえ」

「うるさいな、マディ。いいかげんに――」

「黙らないわよ」マディはコーヒーメーカーに水を注ぎながら言った。「兄さんかわたし、どっちかが死ぬまで食らいついてやる。献身的な妹に感謝してよね」電源ボタンを押し、マシンがゴボゴボと音をたてる横で戸棚を探って、マグカップをふたつ取りだした。「ろくに食べてないんでしょ」

「心配しないでくれ。勝手に落ち込んで引きこもってるだけだ。めったにないことなんだから放っておいてくれないか」

「めったにないどころか初めてじゃない、兄さんが病欠するのなんて」マディは冷蔵庫から牛乳を出して匂いを嗅ぎ、顔をしかめた。「今日はブラックコーヒーね。卵があるわ。

何かつくろうか？」

「いや、食欲がないんだ」

マディは冷蔵庫の扉を力任せに閉めると、くるりと向こうを向いた。その背中が震えていることにケイレブは遅ればせながら気づいた。泣いているのか？　ぼくが妹を泣かせてしまったのか？

「マディ」おそるおそる声をかける。「どうした？」

「兄さんは壊れないでいて」声も震えている。「強い兄さんでいてくれなきゃ困るの。そりゃあ、ばばさまは女傑よ。そしてわたしたちを愛してくれている。でもさすがにこの頃は、気弱になることも増えてきた。ロニーは賢くて優しい人だけど、今は彼女自身のことで手一杯。ジェロームは彼女につらくあたるし。あとマーカスは……とりつく島がないというか。こっちにいるときも、仕事と次の冒険のことしか頭にないみたい。だからね、わたしにとって頼りになるのは兄さんだけなの。その兄さんが、こんなふうになってしまうなんて……」

「立ち直るよ、おまえのために」

「でも、それにはティルダが必要でしょう？　彼女と話し合わなきゃ」

「話し合おうとしたさ」ケイレブは暗い声で言った。「あらゆる努力をした。しかし、どうやらぼくは見えない限界を踏み越えてしまったらしい。電話しても出ないし、メッセージを送っても返事はない」

「あきらめちゃだめ！　まだ一週間でしょう？　ねえ、何があったのか、話してもらえない？」

「二人のあいだのことだから。それに、あきらめるなと言ったって、彼女につきまとうわけにいかないだろう。おまえがぼくにつきまとうようには」

マディは大きく鼻を鳴らした。「そう、残念ね。ばばさまの言いなりにはなりたくないけど、ティルダに関してはばばさまの見立てどおりだった。聡明で、強くて。ジェロームにさえ立ち向かえるんだから。彼女と一緒にいるときの兄さんは、それまでの兄さんと全然違ってた」

「やめてくれ」ケイレブは顔を歪めた。「これ以上苦しめないでくれ」

「別人みたいになったわ」マディは容赦なく続けた。「明るくなって、ティルダやアニカといるときは本当に楽しそうだった。兄さんの娘はすばらしい子だったし。わたしたちみんな、彼女に夢中になった。ティルダもアニカも、兄さんにとっては完璧すぎるぐらい完璧だった」

「おまえは大事なことを忘れてるよ、マディ。確かに彼女はぼくにとって完璧だった。疑いの余地はない。だがおそらく、ぼくのほうは彼女にとって完璧じゃなかったんだ」

マディは反抗的な表情を浮かべた。「だったら、がんばって完璧になればいい。じゃないと彼女、アニカを連れて、また地球の裏側へ飛んでっちゃうかもよ。わたしたちみんなにとって最悪の事態だわ」

気が滅入る想定に、二人とも押し黙った。コーヒーメーカーの音が止まった。満杯になったポットからケイレブがふたつのマグにコーヒーを注ぎ、片方を妹に渡した。

マディはそれに息を吹きかけた。「前進するための方法はあるはずよ。それで今日は来たの。わたし、いいことを思いついたのよ」

「出た」ケイレブはつぶやいた。「聞くのが怖いよ」

「いい兆候ね。そうやってまた嫌みを言えるようになったのは。いつもの兄さんに近づいたみたい」

「おまえを喜ばせるために無理してるんだ。で？　何を思いついたんだ？」

マディはコーヒーの苦さに顔をしかめた。「イヴェットから電話をもらったの」

「ジェロームのアシスタントの？」

「そう。絶対口外しないと彼女に誓ったから、これは秘密よ。兄さんも誰にも言わないと約束して。いい？」

「秘密というのはそういうものじゃないぞ、マディ。まあ、いい。それでイヴェットは何て？」

「彼女、ジェロームのことを心配してるの」

ケイレブは声をたてて笑った。「それでぼくたちも一緒に心配しろと？　冗談じゃない。無理だ」

「違うの。聞いて、興味深い話よ。彼女、ジェロームのオフィスで箱を見つけたんですって。入っていたのはハーバート・ライリーのもの。パスポート、保険証券、不動産証書、宝石類。イヴェットはばかじゃないわ。ジェロームが後ろ暗いことに関わっているのなら、彼の破滅をなんとかして食い止めたいと思っている」

「ついでに自分の失職も食い止めたいと思っている」

「たぶんね。でも、より気高いほうの動機を採用したいじゃない」

「で、それがぼくに何の関係があるんだ？」

マディは呆れたように目玉をくるりと回した。「ジェロームに正しいことをさせるのよ！　箱の中身を持ち主に返させるの！　本人も持てあましてるに違いないんだから。ティルダと話すチャンスじゃない。ティルダからジェロームに、返してくれと直接言わせるのは酷でしょう。兄さんがあいだに立つのよ。ねえ、そうして！」

「つまり、こう言うんだな。〝やあティルダ、大叔父がお父さんの家から奪った書類と宝石と現金を返すよ。だからぼくの特別な人になってくれないかい？〟」

「ひねくれたことを言わないで」マディが怒った。「少なくとも会話の糸口にはなるわ。それが今の兄さんには必要なんでしょう？　兄さんの人生よ。人生は一度きりなのよ。あきらめてどうするの！」

ケイレブの頭の中で歯車が回りはじめた。「イヴェットから電話があったのは今日か？彼女は今、オフィスにいるのか？」

「電話して確かめてみる」そう言ってから、マディはケイレブをじろりと見た。「でも、出かけるのはシャワーを浴びて髭を剃ってからよ」

一時間後、ケイレブはモステック社にいた。イヴェットの前に立ち、ジェロームへの面会を申し込む。

大叔父はオフィスにいた。相変わらず石のように無表情だ。「そっちから出向いてくるとは、どういう風の吹き回しだ」

「ハーバート・ライリーの金庫にあったものをもらいに来ました」ケイレブは淡々と告げた。「それから、詫び状と白地小切手もいただきたい。損害賠償として」

ジェロームが目を細くした。「あの女、ずいぶんと欲が深い」

「この会社を守るためにティルダがどれほどの危険を冒したか、あなたにはわかるはずもない。彼女はファイルの原本を盗みだしたんですよ。そしてぼくの目の前で焼き捨てた」

　ジェロームが鼻を鳴らした。「ようやく、いくらかましなニュースが届いたな」

「そっちのは？　どこへやったんです？」

「シュレッダーにかけた。コピーのことを言っているのなら」

「残りのものはすべて返してください。それと詫び状に白地小切手」

「あんな小狡い女のために白地小切手など、死んでも――」

「では、結構。警察にすべて話すだけですから」

「よくもわたしにそんな口がきけたものだな」ジェロームは唸った。

「社用公式書簡に謝罪文を書いてください。日付とサインを忘れずに。ぼくは躊躇しませんよ。手錠をかけられたあなたがモステックの社内を連行されていくのは、さぞかし見ものでしょう」

　ジェロームはとめどなく悪態をつきながら、のろのろと取りかかった。逃れられないと悟ったらしい。小切手を切り、レターヘッドに必要な文言を記すと、ぞんざいな手つきで両方を机に滑らせ、ぴしゃりと封筒を重ねた。「どうだ」吠えるように言う。「これで気がすんだか？」

ケイレブは謝罪文に目を通した。最低限必要な事柄は書かれている。それ以上の言葉はいっさいない。彼は末尾に自身のサインを加え、折りたたみ、小切手と一緒に封筒に収めた。「ハーバートのものは?」

「テーブルの上の箱の中。目障りでしょうがなかった。さっさと持っていけ」

「喜んで」

中を覗くと、イヴェットの言ったとおりだった。書類、保険証券、証書、現金、年季の入ったジュエリーボックス。パソコンとタブレット。ケイレブは封筒もそこへ入れると、箱を抱えた。

「哀れな犬だ」ジェロームが言った。「飼い主に褒めてもらいたくてアヒルの死骸をくわえて帰るか」

「ぼくなら選ばないたとえですが、なんとでも言ってください」

ジェロームのわめき声を背中で聞きながらオフィスを出ると、イヴェットと目が合った。箱を見た彼女は感謝のこもった笑顔をケイレブに向け、それからすぐジェロームに大声で呼ばれて、そそくさとオフィスへ入っていった。

CEOを呼び止めようとする社員たちを丁寧にかわして、車へ急ぐ。

カートライトホテルの一ブロック先に駐車した。ホテルの前を通るときにレストランを覗くと、バーカウンターに見覚えのある男がいた。広い背中を丸めるようにして、何か飲んでいる。爆発したようなスタイルの黒っぽい髪。四〇八号室で対決したやつだ。ブロディはまだここにいたのか？

好奇心に負けて、ケイレブはレストランへ足を踏み入れた。間違いない。スツールに腰をのせているのはやはりブロディだ。前にはなかった短い顎髭を生やしている。

客はまばらだった。ケイレブは箱を床に置いてブロディの近くに腰を下ろした。「よう」

ブロディが首を巡らせた。ケイレブ同様、顔の青痣は消えているものの両目の下はまだ黒ずみ、唇と頬にはかさぶたができている。

ケイレブを見たブロディは、何か苦いものでも口に入れたかのように唇を歪めた。「あんたか」つぶやくように言う。「今日はついてない」

「まだ、ぐずぐずしていたのか」

「もともと明日の朝の東京行きを取ってあったんだ」ブロディは怠そうに言った。「だからオリンピック半島を歩きまわってきた。頭をすっきりさせるために」

「効いたか？」

ブロディはケイレブをじろりと一瞥した。「いや」

バーテンダーが近寄ってきた。「何かお飲みになりますか？」

「この人はすぐに出る」ブロディが鋭い口調で答えた。「時間がないそうだ」

ケイレブ自身も手を振り、いらないと意思表示した。バーテンダーが離れると、ケイレブはブロディのほうを向いて言った。「ひとつ、質問してもいいか?」

「してみればいいさ。くたばれと返事するかもしれないけどな」

ケイレブはうなずいた。「なぜ、そこまで躍起になってモステックを潰そうとする?」

「話したって、ばかなあんたにはわかりゃしないさ。彼女は刑務所行きを覚悟でモステックを守ろうとした。彼女はあんたに心底惚れてるんだ、忌ま忌ましいことに。なのにあんたは信じてやるどころか、四六時中尾行をつけていた。そんなゲス野郎と一緒になるぐらいなら失恋したほうが彼女のためだ」

ケイレブはまじまじとブロディを見た。「尾行なんてしていない」呆然としながら言う。

「ぼくじゃない」

ブロディは鼻で笑った。「嘘つけ。あんたのパソコンに山ほど写真が入ってるのを彼女が見てるんだ。完全にばれてる。ぼくが彼女だったとしても、絶縁だ。まともな人間なら——」

「違う!」知らず知らず声が高くなる。「あれは大叔父がやったんだ。ぼくじゃない!」

ブロディが目を見開いた。「それはそれは、気の毒に」彼はグラスを大きく傾けて酒をあおった。「身内にそこまでされるとは。その点、ぼくは心配ない。誰もこの世にいないんだから。考えたら皮肉なものだな。うん、考えないようにしよう。だがそれには、しこたま飲まなきゃならない。だから消えてくれ。一人にしてくれ」

「皮肉とは？」ケイレブは語気を強めた。「どういう意味だ？　いったいモステックはきみに何をしたんだ？」

ブロディの血走った目が細くなった。「今はその話はしたくない。失せろ」

「そうか。わかった」ケイレブはハーバートのものが入った箱を抱え上げた。表へ出たとき、ポケットでスマートフォンが鳴りだした。見ると、マディからのメッセージだった。

〝ティルダが五時にばばさまのところへ来ます。アニカと一緒に。兄さんも来て〟

雷に打たれたかのようにケイレブは車へ向かって駆けだした。だが、敢えて期待は抱かなかった。

それはあまりに危険だから。

22

アニカは転がるように車から降りると芝生を駆け抜け、甲高い声をあげながらマディの腕の中へ飛び込んだ。マディが地面にひっくり返らなかったのは、ひとえに彼女の運動能力の高さゆえだった。よろめいて笑うマディに、アニカは小猿のように両手両足を絡めて抱きついたあと、エレインのところへ走っていって、こちらではもう少し行儀のいい挨拶をした。

エレインが、アニカの頭越しにティルダに微笑みかけた。「よく来てくれたわね。可愛いアニカにときどきは会わないと、わたしたち寝込んでしまいそうよ」

その台詞に込められた裏の意味が、ティルダにははっきり聞こえた気がした。〝可愛いアニカをわたしたちから取り上げるなんて許さないわよ〟と。

精神状態がこれほど不安定ではなかった最初の頃に、アニカに関する事柄を決めるのは母である自分だとはっきりさせておいて本当によかった。とはいえ、手に入れたばかりの親族をこの子から奪おうとは思わない。それはあまりにかわいそうだ。

でも、わたし自身は？　定期的にこの気まずさ、つらさを味わうことに、耐えられるだろうか？

ポートランドかスポケーンあたりへ引っ越すのはどうだろう。アニカがティルダの父ともモス家とも頻繁に行き来できるぐらいには近いところへ。環境を一新すれば、心穏やかに暮らしていけるかもしれない。

でも、焦りは禁物。一度にひとつずつだ。「お久しぶりです、エレイン」

「入って。コーヒーにする？　紅茶？　それともカクテル？」

「あ、いえ。友人と会う約束をしていて、時間がないんです。また次の機会に」

「でも、あなたに話したいことがあるのよ。長くはかからないわ」

ティルダはアニカのバックパックを肩にかけると、エレインに続いて玄関ホールへ入っていった。美しい浮き彫りが施された木のベンチにバックパックを置き、エレインを追いかけるようにして書斎へ入る。「あの、本当に申し訳ないんですが――」

ケイレブがそこにいた。その立ち姿は以前より痩せ、顔の中で目がやけにぎらついている。

ティルダはエレインを見た。「騙(だま)しましたね」

エレインは両手を上げた。「睨まないで。来たいと言う孫に、だめとは返事できないじゃないの」

ティルダは戸口へ向かって後ずさりした。「二人とも、ひどいわ」

「お願いだ、ティルダ」切羽詰まった声でケイレブが言った。「五分でいい。五分だけ、時間をくれ」彼はエレインのほうを見た。「二人にしてもらえますか」

「ええ、もちろん」きびきびした足取りでエレインは出ていった。重いドアがゆっくりと閉まる。

ティルダはスポットライトを浴びているような気分になった。言葉がつかえ、頭が回らない。「わたしは操り人形じゃないのよ。あんな扱いをされることに同意した覚えはないわ。尾行されたり、盗み撮りされたり――」

「ぼくの言い分を聞いてもらえないか？」

ティルダは手を払った。「どうぞ。聞くわよ」

「じゃあ、まずは、これだ」彼はテーブルに置かれた箱を手で示した。

「何……？」

「お父さんの金庫に入っていたものだ」ケイレブは箱の蓋を開けると、中から封筒を取りだした。「書類、現金、パソコン、タブレット。きみのお母さんの宝石類」

「本当に？　なんとかしなきゃと思いながら後回しになっていたんだけど、これで解決したわけね。ありがたいわ」

「いろいろとすまなかった」ケイレブは封筒を差しだした。「受け取ってくれ」

ティルダは手を伸ばした。「新たな罠？　ゲームに参加する気はないわよ」

「罠じゃない。逆だ。開けてごらん」

ティルダは封筒から便箋らしきものを引きだした。同時に小切手がひらひらと床に落ちた。そちらを拾うのはケイレブに任せて、ティルダは便箋を開いた。手書きの、簡潔きわまりない文章だった。

〝私、ジェローム・フィリップ・モスは、本年十月六日、ハーバート・ライリー宅にて発生した窃盗事件を主導しました。ここに正式に謝罪いたします〟

末尾にジェロームのサイン。さらにケイレブの筆跡で〝立会人　ケイレブ・ホレス・モス〟とある。

ティルダはしばらく言葉もなくそれを見つめていた。「本物？」

「もちろん」

「よく書かせられたわね。どうやって説得したの？」

「書かないと警察に突きだすと脅しをかけた」

ようやくティルダの頭が回りはじめた。「ウェストンのファイルのコピーは処分済みだったんでしょう?」

「ああ。だがそれ以外のものは、この箱ごと自分のオフィスに置いてあった。目につく場所に、無造作に。アシスタントが心配してマディに知らせた。そしてマディがぼくに教えてくれた」

「そうだったの。だけど、この書面はどういうこと? 反省させるために書かせたの?」

「保険みたいなものだ。これを公にして懲らしめてやるもよし、あるいはただ持っているだけでも安心材料にはなるだろう。これがきみの手元にあるかぎり、ジェロームは何もできないんだから」

「盗んで取り返そうとするかもしれないわ。あの人の得意技じゃない」

「どうしたって無効にはできない。ぼくのサインがある以上、完全になかったことにするには、この紙とぼくの両方を消さなければならない。あのジェロームも、さすがにそこまではやらないだろう」

ティルダはぞくりと身震いをした。「試す気にはなれないわね」

ケイレブが小切手を差しだした。「そう言ってくれるだけでも嬉しいよ」

受け取るときに一瞬、互いの指と指が触れ合って、ティルダはどきりとした。「これは？」

「損害賠償だ。ハウスクリーニング、セキュリティシステムの新設、最上級の家庭用金庫。かなりの費用がかかったはずだ。遠慮はいらない。たっぷりぶんどってやればいい。ジェロームなら出せるんだ。多少は痛い目に遭わせないと。そこまでしなければ反省もしないだろう」

ティルダは封筒をバッグにしまった。「ありがとう、父も喜ぶわ。何よりも、母の形見をなくしたことを嘆いていたから」

「ぼくにできる、これが最低限のことだ」

長い沈黙が流れた。脆(もろ)く危うい沈黙だった。繊細なクリスタルガラスのように、簡単に壊れてしまいそうな。

ケイレブが一歩、ティルダに近づいた。「最低限で終わりにしたくない」その低い声は震えていた。「最大の力を尽くしたいんだ。きみのために。アニカのために」

ティルダの喉が締めつけられた。「ケイレブ――こんな生活、わたしは続けられない。ずっと見張りをつけられるなんて。わたしはいやだし、アニカだってかわいそう」

「わかってる。よくわかってるよ。だからぼくは決して――」

「決してしないなんて言う資格、あなたにはないわ」言葉が口から飛びだした。「探偵を雇って尾行させるなんて、許しがたい行為よ。しかも結婚直後に始めている」

「ぼくじゃない。ジェロームだ」

「ジェロームのせいにするのは簡単よね。彼は万能の悪役だものね。あなたのパソコンに入ってる写真をわたしはこの目で見たのよ」

「ジェロームが強引に送りつけてきたんだ。メールの日付を見てもらえばわかる。最初は、きみがカートライトでブロディと会った夜だった。それより前からきみに尾行がついていたとは、まったく知らなかった。知っていたら、このぼくが許すはずがない。名誉に賭けて誓う」

「そもそも、なぜジェロームはあんなことをしたの？」

「ブロディのファイルの存在を知ったからだ。きみの電話を盗聴して」

「ええ？　盗聴に尾行に空き巣？　すごいわね」

「だが、きみのところにあるのはコピーだとわかっていた。手に入れたいのは原本だ。だからきみを監視していた。ぼくはあの日、役員会のあとジェロームに呼ばれてファイルのことを知らされた。それできみから直接話を聞こうと思いながら帰宅した」ケイレブは言葉を切り、ごくりと唾をのんだ。「だが、きみはいなかった」

「ええ」ティルダは硬い声で言った。「あなたの会社を惨事から救おうとしていた」

「そう言ってくれていれば――」

「あなたがわたしを信じてくれていれば、言ってたわ！」

「だろうね。だがジェロームからライブ動画が送られてきた。きみがバーでブロディと話し込んでいる動画が」

ティルダは愕然とした。「ジュリア・ホアンと会ってるのかとわたしに訊いたあのとき、あなたは見ていたの？」

「ああ」

「わたしを試したのね、ケイレブ？」

「そんなつもりはなかった。何が起きているのか理解したい、その一心だった」

「でも、失敗した」

二人とも探るような目をして、長いあいだ見つめ合った。ケイレブがさらに一歩、近づいた。

「九年前、ぼくは愛なんてものは存在しないと思っていた。男と女のあいだにあるのはただのセックス、肉欲だけだと。でも、この数週間できみが確信させてくれた。ぼくたちのこれは、間違いなく愛だ。海よりも深い、本物の愛だ。ぼくにとっては、きみとぼくとアニカ、三人の絆が、何より価値のある大切なものなんだよ」

「わたしだって、そう思ってたわ」ティルダは囁き、鼻をすすった。

「ぼくはジェロームに振りまわされてしまった。ブロディとファイルの存在を知っていれば、こうはならなかったんだが」

ティルダは腕組みをした。「黙っていたわたしが悪いの？」

「違う。きみはとてつもないリスクを承知でぼくらのために行動を起こしてくれた。感謝してもしきれないと思っている。ぼくが言いたいのは、信じるのが下手なのはぼくだけじゃなかったってことだ。こんなことになってしまったのは、お互い、相手を信じる気持ちが足りなかったからなんだ」

まっすぐで熱い視線を避けるように、ティルダは横を向いた。すぐには言葉が出てこない。

「あなたにあのファイルを見せるのが怖かった」ティルダは言った。「穏やかな日々を手放したくなかった。使わないと決めたんだから、あなたに見せる必要なんてないと思ったわ。ウェストンがモステックにあれほどの憎しみを抱いているとは知らなかったの。彼ははじめのうち何も言ってなかったから」

ケイレブはうなずくだけで、黙っている。

ティルダは、震える両手を握り拳にした。「いいわ、それであなたの気がすむのなら、認めます。悪いのはわたしでした。わたし、マティルダ・ジェイン・ライリーは、重要な情報を隠匿してあなたに多大なる精神的苦痛を与えました。そのためあなたがホテルの客室で裸の男と殴り合うという事態にまで発展しました。ここに深くお詫び申し上げます。さあ、何か紙をちょうだい。きちんと書くから。お望みなら、立会人としてあなたもサインしてくれていいわよ」

「いや」ケイレブは言った。「ぼくはそんなことを望んではいない」

「だったら、いったい何が欲しいの？」

「きみだよ、ティルダ。きみをぼくのものにしたい。未来永劫、一緒にいたい」

ティルダの心臓が轟きだした。「おばあさまからの結婚の指令に背くことになって、会社の経営権がジェロームに移るんじゃないかと心配してるのなら、安心して。契約は遂行するわ。定められた期間はあなたの妻でいる。会社を守るために、あなたが曲芸じみた無理をする必要はないわ」

「会社なんてどうだっていい」

いきなりひざまずいたケイレブに手を取られ、ティルダは仰天した。彼はポケットからリングケースを出して捧げ持った。

中の指輪にティルダは目を奪われた。ねじり合わされた数連のホワイトゴールドが、さまざまな色の宝石と相まって美しい幾何学模様を描きだしている。なんと華やかでロマンティックなデザインだろう。個性的な、唯一無二の指輪だ。

ティルダが言葉を失っていると、ためらいがちにケイレブが口を開いた。「アニカにアドバイスしてもらいながら選んだんだ。楽しかったよ、あの子とジュエリーショップを巡るのは。おしゃべりが止まらないんだ。しっかり自分の意見を持っていて、それがまた説得力じゅうぶんなんだな。本当はもっと早くに渡すつもりだったんだが、あんなことになってしまって」

ティルダは絶句したままだった。

「覚悟してくれよ。これからぼくはおかしなことを言うから」ケイレブはひと呼吸置いた。「マティルダ・ジェイン・ライリー、ぼくはきみを愛している。全身全霊を賭けて愛している。ぼくのすべてはきみのものだ。どうか、このぼくと離婚してください」

ややあって、ティルダは気づいた。自分の口がぽかんと開いていることに。「はい?」

「ぼくたちの人生を取り戻すんだ」ケイレブは勢い込んで言った。「力ずくで。アニカを連れてサインしたら、ぼくはモステックを辞める。こんなろくでもないところ、離婚届にさっさと逃げだそう。どこか温暖な土地、きみの住みたいところに住もう――フランス、イタリア、スペイン、ギリシャ、アイルランド、アイスランド、どこだってかまわない。

そこでぼくはぼくの仕事をする。きみはチームのメンバーを集めて〝ファー・アイ〟の開発を進める。結婚なんてしなくても、死が二人を分かつまで一緒に暮らすんだ。いや、いずれは結婚するかもしれない。うっとうしいしがらみがいっさいなくなって、結婚がぼくたちだけの問題になれば」

「でも――でも、あなたの仕事が――」

「そんなものはどうにでもなる。今だって週に一ダースも引き抜きの話が来てるんだ。何も急ぐ必要はない。長い離婚旅行に出かけてもいい。どこかの海辺で何週間も何カ月も、のんびり過ごすんだ。ハイキングでもセーリングでも、きみのしたいことをしよう」

ティルダは泣き笑いしながら言った。「離婚記念の旅行？」

「独立記念だ。ぼくたちは自由を手に入れるんだ。甘い蜜の味のする自由を。カラザーズ・ブラフのコテージだけは残念だが、そのうち自分たちで別のを買えばいい」

涙があふれてしかたないのに、笑いも止まらなかった。「本気なの？」

「きみのためなら何だってできる。ああ、今日、離婚届を用意しておけばよかった。この場でサインできたら清々しただろうな。一刻も早くその時を迎えたいよ」

「それはわたしのため？　わたしのためにモステックを辞めようとしているの？　そしてジェロームの好きにさせる？」

「モステックのために自分の幸せを犠牲にするつもりはない」ケイレブはきっぱりと言った。「指輪、つけてもらえるかい？」

涙をこらえてティルダはうなずいた。

ケイレブは左手の薬指に指輪をはめると、その手を口元へ持っていき、指にうやうやしくキスをした。立ち上がったとき、彼の瞳は濡れていた。

ティルダを抱きしめて、耳元でケイレブは囁いた。「夢みたいだ。きみが消えてしまうんじゃないかと怖くてたまらなかった。でも、こうしてぼくの腕の中にいる」

「いちばん、いたい場所にね」ティルダは力いっぱい彼に抱きついた。とたんに痺れるような感覚に貫かれて体が震えた。ああ、この心地よさといったら。

「行き先を考えておいてくれ。ぼくは弁護士に会って離婚の手続きを進めてもらう」ケイレブは笑った。「みんなに説明するのが大変だな」

「おばあさまとかね」

ケイレブの笑顔が翳った。「うん、ばばさまはがっかりするだろう。でも、もとはといえばあの人のおかげでこうなったんだ。もちろん最初は怒るだろうが、しばらくすれば、きっと喜んでくれると思う」

「ジェロームは間違いなく大喜びするわね。揉み手をして、ほくほくでしょう」

ケイレブは肩をすくめた。「こちらとしては不本意だが、すべて完璧なんてありえない。ぼくたちが無傷でこの状況から逃れられるだけでも、よしとしないと」

「完璧なものは何もないと思ってる？」ティルダは笑って彼を見た。「同意しかねるわね」

「きみは完璧だ。世界中で、きみだけは」

「わたしは完璧なんかじゃないわ。だけど、離婚は考え直してもいいかも。モステックを見限ろうとしているのが、あなた個人のためなら話は別だけど。もし本当にあなたがそうしたいのなら、わたしもかまわない。でもね、わたしのため、ごたごたにけりをつけるためなら、そんなこと考えないで」

ケイレブは訝しげにティルダを見た。「どういう意味だ？」おそるおそるといった口ぶりで訊く。「ぼくがＣＥＯとしてモステックに留まったとしても、そばにいてくれるというのか？　この先、ずっと？」

「ええ、そうよ。でも勘違いしないで。海辺でのんびりする旅行には行きたい。それをなしにしようなんてことは考えないでね」

ケイレブがまなざしをやわらげ、感激の表情を見せた。「本当に？　本当にぼくと一緒にいてくれるのか？　モステックにぼくが留まっても？　あれだけのことが起きたのに？」

「共同戦線がわたしたちを守ってくれるのなら。お互いに隠しごとをしないのなら。心から信頼し合えるのなら」

ケイレブは晴れ晴れとした笑顔になった。「本当に、いいんだね？」

「ジェロームに勝たせるのは癪だもの。でも、あなたの意気込みはよくわかったわ。やっぱりあなたは誰よりもひたむきで一途で、情熱的な人。思い込んだら、ひたすら突っ走る」

ケイレブが片方の眉をくいっと上げた。「ええと、それは褒められているのかな？」

「もちろんよ。信じて」ティルダはケイレブの胸を撫でながら囁き、まつげを瞬かせて誘うように彼を見上げた。「最高の長所よ。わたしには欠けている資質。またあの情熱の時を過ごすのを楽しみにしてるわ。待ちきれないぐらい」

「いつだって大歓迎だ」ケイレブは言った。「いつだって、どこでだって。そうだ、今、ここでもいい。ぼくは準備万端整ってる。文字どおりにね」

「でしょうね、あなたのことだもの」ティルダは笑った。「ここはあなたのおばあさまの書斎だっていうのに！　指輪は受け取るけど、離婚の申し出は正式にお断りします、ケイレブ・ホレス・モス。あなたは法的にわたしから離れることは許されません」

「離れるものか」ケイレブはティルダを抱きすくめた。

唇と唇が重なると、抑え込まれていた衝動が解き放たれた。熱くたぎる想いをぶつけ合うようにしながら、希望という名の光輝く灯台目指して二人はひた走った。唇を離し、また重ね、繰り返すごとに光は近くなる。完璧なキス、身も心も震えるキス、本物のキス。ケイレブの手が甘い軌跡を描いてティルダの――

「あ、キスしてる！　ハグしてる！」

夢のような官能の霧を払ったのは、アニカのはしゃいだ声だった。ティルダが首を巡らせると、少しだけ開いたドアの隙間から、娘の大きな目が覗いていた。

「アニカ！　邪魔しないのよ！」ばばさまが抑えた声でたしなめながら、そっとドアを閉めた。けれどドアが閉まる間際、ティルダにはちらりと見えた。エレインの顔に浮かぶ嬉しそうな笑みが。

ティルダはケイレブの胸に額を預けると、そっと囁いた。「見られちゃったわね」

「これで決まりだ。既成事実になった」

首筋への熱烈なキスがティルダをとろけさせる。

「ええ。でも、初めてあなたに会ったときから決まっていたのよ。ここまで来るのにずいぶん長くかかったけれど」

「長すぎた。だが、ついにたどり着いたんだ。もう二度ときみを離さない。きみはぼくのもの、ぼくはきみのものだ、ティルダ」

ティルダはケイレブの首に両腕を回した。「いつまでも、永遠にね」そっと囁く唇に、彼の唇が重ねられた。

訳者あとがき

モステック社CEOケイレブ・モスは突然、三十五歳の誕生日までに結婚せよと祖母から命じられる。従わなければ、経営権は彼の大叔父ジェロームに移ることになるという。前CEOであり現在も大株主である祖母エレインが、ケイレブのあずかり知らぬところでジェロームと交わした取り決めだった。祖父の興したモステックは、世界的アグリテック企業に成長した今も優れた企業倫理を維持しているが、考え方の異なる大叔父が支配権を握ればどうなるかわからない。誰よりも自社を愛し、三人の孫たちにもそう教え込んできた祖母なのに、いったい何を考えているのか。三十五になるまであと二カ月。そもそも相手がいないのだ。腹を立て、戸惑うケイレブ。

そこへエレインに呼ばれて現れたのは、モステックが買収しようとしているライリー・バイオジェンのCEOとその娘、ティルダだった。ケイレブにとっては、九年前に自身が冷たく突き放したきり音信不通だった元恋人との、思いがけない再会だった。未婚の彼女には八歳になる娘がいるという。エレインは、ケイレブとティルダが一緒になるなら、ライリー・バイオジェンが現在のまま存続できるよう友好的買収を行うと提案する。父を窮地から救いたいティルダは、あくまでビジネス上の協定ならばと結婚を承諾するが、九年前のような思いは二度としたくない。だから、心情的に深入りはすまいと心に誓う。かくして形だけの夫婦、形だけの三人家族がスタートしたが、大家族に憧れていた娘アニカはあっという間にモス家に馴染み、みんなに可愛がられて——

と、物語の幕開けをご紹介しただけでは、ああ典型的なロマンス小説ねと思われるかもしれません。これが初めてのシャノン・マッケナ、という読者の方なら、なおのこと。ですが王道のロマンス小説も、この作者の手にかかれば、ひと味もふた味も違ったものができあがります。大がかりなアクションやサスペンスが織り込まれていなくても、今回もやはりわたしたちの期待は裏切られません。ケイレブとティルダ、それぞれの心の揺らぎが終始細やかに表現されているため、物語の流れに説得力があります。そして、衣食住にまつわる描写がとても具体的。女性陣が身につけているもの、ケイレブが暮らしている家、二人で過ごす海辺のコテージ、どれも鮮やかに目に浮かんで、まるで映画を観ているかのよう。ケイレブが料理の達人ということから、食べものにいたっては美味しそうな匂いまで漂ってきそうです。

もうひとつ、というより、これこそが、本作を数多あるロマンス小説と一線を画す作品にしている要素ではないかと思われるのが、主人公たちの仕事です。ケイレブがCEOを務めるモステックはグローバルなアグリテック企業。現実の世界において、今、最も注目されている業種と言っても過言ではありません。かたやデータ・アナリストのティルダは、アニカの生きる未来、人類の未来を憂えた末に画期的なプロジェクトを考案し、実現しようとしています。現に異常気象を肌で感じている一人として、心からティルダを応援したくなるのは訳者だけではないでしょう。

ここで、この作者によるマドックス・ヒルの男たち（Men of Maddox Hill）シリーズを思い出された方もいらっしゃるかもしれません。脱炭素社会へ向けた取り組みや、ＩＴ技術の功と罪が浮き彫りにされたシリーズでした。三作目の『真夜中が満ちるまで』には、砂漠緑化に取り組む兄弟が登場しています。最先端テクノロジーを地球の食料生産力向上に役立てようという彼らの志は、ティルダのそれに通じるものがありました。

さてシャノン・マッケナ、次は現代社会のどんな光と闇を絡めた物語を読ませてくれるでしょうか。そう、今回もまたシリーズもの、しかも四部作です。モス家の、あの人やこの人が、順々に主人公を務めてくれるようですよ。どうぞお楽しみに！

新井ひろみ

二〇二三年十二月

訳者紹介　新井ひろみ

徳島県出身。主な訳書に、J・D・ロブ『名もなき花の挽歌 イヴ&ローク54』、シャノン・マッケナ『口づけは扉に隠れて』『真夜中が満ちるまで』（すべてmirabooks）、サラ・ペナー『薬屋の秘密』（ハーパー BOOKS）など多数。

永遠が終わる頃に

2023年12月15日発行　第1刷

著　者　シャノン・マッケナ

訳　者　新井ひろみ

発行人　鈴木幸辰

発行所　株式会社ハーパーコリンズ・ジャパン
東京都千代田区大手町1-5-1
03-6269-2883（営業）
0570-008091（読者サービス係）

印刷・製本　中央精版印刷株式会社

定価はカバーに表示してあります。
造本には十分注意しておりますが、乱丁（ページ順序の間違い）・落丁（本文の一部抜け落ち）がありました場合は、お取り替えいたします。ご面倒ですが、購入された書店名を明記の上、小社読者サービス係宛ご送付ください。送料小社負担にてお取り替えいたします。ただし、古書店で購入されたものはお取り替えできません。文章ばかりでなくデザインなども含めた本書のすべてにおいて、一部あるいは全部を無断で複写、複製することを禁じます。®と™がついているものはHarlequin Enterprises ULCの登録商標です。

この書籍の本文は環境対応型の植物油インクを使用して印刷しています。

VEGETABLE OIL INK

Printed in Japan © K.K. HarperCollins Japan 2023

ISBN978-4-596-53237-4

mirabooks

この恋が偽りでも

シャノン・マッケナ
新井ひろみ 訳

天才建築家で世界的セレブのフィアンセ役を務めることになった科学者ジェンナ。生きる世界が違う彼に惹かれてはいけないのに、かつての恋心がよみがえり――

口づけは扉に隠れて

シャノン・マッケナ
新井ひろみ 訳

建築事務所で働くソフィーは突然の抜擢で、上司のヴァンとともに出張することに。滞在先のホテルで男の顔を見せられ心ざわめくが、彼にはある思惑が…。

真夜中が満ちるまで

シャノン・マッケナ
新井ひろみ 訳

ネット上の嫌がらせに悩む、美貌の会社経営者エヴァ。かつて苦い夜をともにした相手に渋々相談すると、彼は24時間ボディガードをすると言いだし…。

午後三時のシュガータイム

ローリー・フォスター
兒嶋みなこ 訳

小さな牧場で動物たちと賑やかに暮らすオータム。恋はすっかりご無沙汰だったのに、学生時代の憧れの人が、シングルファーザーとして町に戻ってきて…。

午前零時のサンセット

ローリー・フォスター
兒嶋みなこ 訳

不毛な恋を精算し、この夏は〝いい子〟の自分を卒業しようと決めたアイヴィー。しかし出会ったのは、〝ひと夏の恋〟にはふさわしくないシングルファーザーで…。

あどけない復讐

アイリス・ジョハンセン
矢沢聖子 訳

復顔彫刻家イヴ・ダンカンのもとに届いた、少女の頭蓋骨。8年前に殺された少女の無念が、闇に葬られた真実と新たな陰謀、運命の出会いを呼び寄せる…。